朱法元 著

明止堂草笈

老友

江西人民出版社
全国百佳出版社

图书在版编目（CIP）数据

明止堂草笈 / 朱法元著. -- 南昌：江西人民出版社, 2024.6. -- ISBN 978-7-210-15641-3

Ⅰ. I217.2

中国国家版本馆CIP数据核字第2024WD4578号

明止堂草笈
MINGZHI TANG CAOJI

朱法元　著

书 名 题 写：朱　略（老友）
责 任 编 辑：吴艺文
封 面 设 计：同异文化传媒

 出版发行

| 地　　　　址：江西省南昌市三经路47号附1号（邮编：330006）
| 网　　　　址：www.jxpph.com
| 电 子 信 箱：jxpph@tom.com
| 编辑部电话：0791-86898470
| 发行部电话：0791-86898893
| 承　印　厂：南昌市红星印刷有限公司
| 经　　　销：各地新华书店

开　　本：787毫米×1092毫米　1/16
印　　张：22
字　　数：208千字
版　　次：2024年6月第1版
印　　次：2024年6月第1次印刷
书　　号：ISBN 978-7-210-15641-3
定　　价：48.00元
赣版权登字-01-2024-333

版权所有　侵权必究
赣人版图书凡属印刷、装订错误，请随时与江西人民出版社联系调换。
服务电话：0791-86898820

自 序

（一）

晚年迁居西郊，一个闹中取静之地。竹篱一道，隔开尘世喧嚣；薄地半亩，聊以安放心灵。享书斋之福，观天井之趣，赏庭园小景，闻鸟语莺啼，感叹生焉。想我年少出山，漂流四海，人情阅尽，世事经多，数十年搏风击浪，履冰临渊，幸得天地垂怜，贵人相助，方有此福佑善报。盖人生行迹，处世之要，重在一"止"字：求知要学无止境，谋事要适可而止，修心要止于至善，养性要静如止水。此乃知进退、明得失之谓。老子曰："知足不辱，知止不殆。"人之致败者，大抵知不足，却不知满足；知其行，却不知其止。有感于斯，故冠"明止"二字为堂号，以为心得自勉。

好友谌建荣先生闻之，雅兴顿生，即撰《明止堂记》相赠，其文曰：

豫章西郊，望城福地，结庐佳境。法元先生晚年卜居于此，慨然言之：安放心灵，甚恰吾意。于是，置书砚，备画案，聊遣陶唐之兴；植竹木，整菜畦，略拟潘王之为。自号明止堂。

夫明止者，明心见性、止于至善之谓也。先生毕生问道，寄志于文。襟怀耿介，孤诣竭诚。数十载从戎辅政，躬耕书田，难易尽尝，进退了然。遂以明止自许，颇有终南士风，人称峻美。

观先生新居，粉墙黛瓦，柱正井方；瞻先生风采，心怡身健，竟体芳兰。或日照东壁，月洒西廊，弄书调墨，诗成珠玉；或竹影扫街，清风入帘，良友嘉会，欢酌品茗；或荷锄听雨，游心太玄，俯仰涵咏，笑傲平生。至此境界，固人生之幸欤！

赞曰："堂开祥瑞，润屋滋身。允文允武，惟德惟馨。福泽无疆，和乐顺成。"

建荣知我。然笔墨奢侈，溢美甚多，令我愧不敢当。我懂建荣，他这是对我之鞭策和鼓励，我当慎之勉之。

（二）

安居明止堂，除了读书、习字之外，又多出一件事来：整理文稿。

自序

退休赋闲之后，眨眼又近十载，真是光阴荏苒，岁月如梭。十年来，工作的重担卸下了，这双手却停不下来，不知不觉间又积聚起一大堆文稿，多是诗词随笔，有寄出去发表了的，更多是随写随存自我欣赏的。整理这些文稿，发现虽非上品佳作，却也不是无稽之谈，有些读来还颇具意味。许是编辑职业习惯使然，一时兴起，不遗余力地编撰起来。编来编去，发现绝大多数内容都与"明止"二字相关，都是些慨叹历史、感悟人生、咀嚼得失、品味生活的心声心语，暗合了明止堂号的初衷要义，于是便取书名为《明止堂草笈》。草者，不成熟之谓也，我姑妄出版之，读者诸君姑妄翻阅之。

人到暮年，很多时候生活在回忆里，感慨自然很多。尤其是对人生的起伏宠辱、得失荣损、悲欢苦乐，总是会反复掂量，妄图理出个子丑寅卯来。对走过的人生顺境，自是暗自庆幸，谢天谢地；对受过的挫折坎坷，往往叹息不已，甚至还存些许惊恐后怕。而对以前犯过的一些错误、过失，特别是走错过的路，得罪过的人，则懊恼有加，恨不得时间倒流，重走一遍。只是得意也罢失意也罢，俱往矣，时间不会倒流，人生无法穿越，一切都已随风而逝。若问有何价值？那就是对后来者或许有点镜鉴功能。在我观新忆旧、结伴静处的岁月里,那些对景对物的慨叹,对师对友的念想,对事对物的思辨,若能为别人尤其是年轻人提供点启发,甚或能成为别人"攻玉"的"他山之石",哪怕是块顽石、草石,我也大可安然自得,乐在其中了。

之所以从早期从军时所写的诗文中选取一部分,特意编入,主要是想从"心态"的角度来一个对比。人的心态大抵相似,年少时血气方刚,志在挐云,老了才知世事艰险,有可为更有不可为。其实年轻时的冲劲儿是应该有的,且是难能可贵的,只是必须看到理想与现实的距离,一定要端正心态,行稳致远,切不可胜骄败馁,遗恨终生。

(三)

本书的编辑体例有些怪异:诗词与散文混编。而且既不是诗文合集,诗归诗文归文;也不是以文配诗,诗为主体,文为赏析。而是诗文相间,意义相随。有时是以文说诗,有时是以诗说文;有一文概揽多诗的,也有一诗生发多文的。可以说是不拘一格,随性而为。这种编法极为少见,似乎有违常规。然而却也新鲜活泼,别开生面。能否

自序

算是一个创新？希望能够得到读者的认可和赞许。

在这里，我想对古诗词再闲侃几句。

长期以来，国人对古诗词有一种无奈的情结：一方面由衷喜爱，一方面望而生畏。喜爱是因为古诗词太美太经典。古诗词，尤其是唐宋诗词，以其独特的艺术风格和深刻的思想内容，吸引着千百万人的欣赏与品鉴，其韵律、词汇、意境以及诗词中所表达的情感，深深影响着我们的文化传承和审美观念，许多作品灿如明珠，令人陶醉。生畏则是因为古诗词高度浓缩，高深莫测，有的晦涩难懂；格律规范过分严谨，约束太多，不利于普及。因此，从阅读层面看，读古诗词就像嚼橄榄，切不可贪多求快，得细嚼慢咽，用心品味。这就很不适合现代快节奏生活的要求。正因为此，现今的写作者就应推陈出新，尽可能地革除故作高深之陋习，写出通俗易懂的精品力作。编撰者则应锐意进取，努力改革传统的编辑方式，尽可能以新的形式新的面貌呈现作品，以适应读者的阅读需求。本书正是基于这个出发点，在每一首或数首诗词之后加入一篇或数篇散文，使全书更加活泼灵动，使读者在阅读诗词时更加轻松自如，在享受故事性、抒情性的散文阅读中，加深对诗词的印象和评判，也进一步拓展诗词内容的想象空间。

（四）

  诗词吾之所爱，散文吾之所爱。把二者参差排列，糅合成书，本意是想做成一道美味佳肴，以飨读者。不敢奢望有佛跳墙之境，但求能得东北乱炖之妙。究竟效果如何，不能王婆自夸，须待读者品评。丑媳妇总得见公婆，下了厨房，再上厅堂，只能恭请诸君莫见笑了。

  是为序。

朱法元

2024甲辰年正月廿日

 目 录

第一辑 怀旧之慨

平生首次在军营过八一建军节有感	……003
题厦门鼓浪屿日光岩（二首）	……004
游大嶝	……005
丙辰除夕于南日岛寄怀	……006
生如浪花 / 文	……007
欢送退伍老兵	……011
夜过马祖岛	……012
跨海演练有感	……013
凯旋诗	……014
镇海词	……015
将军山上姑嫂塔 / 文	……016
寒夜写作随感	……019
读《哥德巴克猜想》	……020

案头叹春	……020
自勉	……021
磨炼 / 文	……022

第二辑　行旅之得

瞻仰安庆独秀园有感	……027
登凤阳鼓楼	……028
访凤阳龙兴寺	……028
访凤阳小岗村	……029
新十八勇士 / 文	……030
汨、隽二水行四题	……032
汨罗之叹 / 文	……034
诗圣遗阡 / 文	……038
古关前的思考 / 文	……042
神医李存忠 / 文	……045
井冈山组诗	……047
茨坪漫步 / 文	……048
满足 / 文	……051
建校轶事 / 文	……053
桂园情思 / 文	……058

目录

叹黄龙寺古井	……062
谒曹山宝积寺	……063
暑期庐山打油	……064
新余访友喜读山谷《薄薄酒》感怀	……066
薄酒缅先贤 / 文	……067
厚塘夜宿	……069
重游黄山有感	……070
山思 / 文	……071
客居海南感怀	……073
略说海南 / 文	……074
过铜鼓县夜宿汤里假日酒店	……078
汤里偷闲 / 文	……079
临沂行	……080
琅琊之思 / 文	……081
龙南采风有感	……083
戊戌夏再瞻修水陈家大屋感怀	……084
陈家大屋说家风 / 文	……085
吟都匀	……087
都匀记 / 文	……088
都匀文友饯别有感	……093
青衣人 / 文	……094

黔客思归	……096
游湘西观矮寨大桥	……096
从贵州过湖南返江西抒怀	……097
钦羡黔疆／文	……098
彩云之南组诗	……100
寻找金花／文	……102
雨落丽江／文	……106
消逝的香格里拉／文	……109
新疆行组诗	……111
再上天池／文	……114
魔鬼城断想／文	……116
与神对话／文	……117
登苍龙寨有感	……118
雾中登三清山有感	……119
如梦令·招聘路上	……120
题庐山碧云寺	……121
从海南归来见小园春色	……121
庚子回乡组诗	……122
晚春山景／文	……126
参加第八届"名家看安溪"中国著名作家走进安溪大型采风活动随感	……128

目录

铁观音赋 / 文	 129
拜谒福建安溪谢王公祠感赋	 131
感德茶神 / 文	 132
辛丑岁初海南儋州谒苏轼遗迹感怀	 135
偶逢黎老牛栏西	 136
儋州怀古 / 文	 138
海南岛热带植物速写	 140
黄龙山中速写	 142
山中静思	 148
观山偶得	 148
名山之叹 / 文	 149
登苦竹岭访抗日战场感怀	 152
苦竹岭上念英魂 / 文	 153
太湖行	 156
火石行二首	 157
登大板尖感怀	 159
把酒奉仙 / 文	 160
游磨盘山记	 163
闻文友星子雅聚	 164
疫后赴澳大利亚探亲速写	 165
塔州感怀 / 文	 171

第三辑　交往之念

纪念匡一点先生一百周年诞辰感怀	 177
拜读柳志慎老先生《岁月微痕》有感	 179
丙申冬日客朱向前君半山亭感怀	 180
"三朱会"感言	 180
和宗亲秀海兄	 181
咏驼兼赠宗亲秀海兄	 182
致吴爱民君	 183
癸卯中秋步韵和爱民君	 184
原韵和戴逢红君兼贺《黄龙宗》三卷问世	 185
和戴逢红君雾中登云居山访真如寺	 185
冬日观洞庭花柳感怀	 186
王泉媛颂	 187
毛秉华赞	 188
永不忘怀的忘年交 / 文	 189
与传宝茶叙	 192
致高邻	 193
痛悼族叔公正平先生	 194
"吊根草" / 文	 195
北海访匡建二兄有感	 197

目录

父亲节收鲜花感怀	…… 197
大有花甲诞辰感言	…… 198
感慨大有贺贱躯70生日赠诗，依韵和之	…… 199
己亥仲春收乡友寄来明前新茶感怀	…… 200
步韵和黄君先生《端午重读天问有感》	…… 201
贺黄君先生新编《三贤集》付梓	…… 202
客田园记	…… 203
咏雪茶	…… 205
得《枕边阅读》有感	…… 205
偶成	…… 206
"书茶同柜"感言	…… 206
观九江电视台"东西南北九江人之今日浔商"卢韬龙篇感怀	…… 207
简言表弟 / 文	…… 208
如梦令·观第十三届省市京剧票友联谊演唱会赠诸票友	…… 210
票友抗疫有感	…… 211
听戏抒情	…… 212
感怀郑翔先生百段京剧纪念建党百年	…… 213
群之乐 / 文	…… 214
远眺黄龙山依韵和朱啸《茅竹山行》	…… 218

赠民工老友卢水平先生	……219
新茶	……220
旅居海口收好友寄来信丰脐橙感怀	……221
悼袁隆平院士	……222
米谷大神／文	……223
读贵平先生诗作感怀	……226
痛悼宗亲贵平先生	……227
诗情文意贵在平	……228
步欧阳修《戏答元珍》韵寄在海南避寒养病的 　　欧阳效棉老处长	……235
念恩师欧阳效棉	……236
生命中的贵人／文	……237
步韵恭和傅占魁先生《2022迎新感怀》	……242
依韵和胡区元先生《闻省府静态管理三日》	……243
题南昌青苑书店	……244
依韵奉和冯柏乔先生《贺谈锡永上师八十八荣寿》	……245
贺"神十四"载人航天发射成功依韵和刘呆老	……246
步韵恭和黄君兄《新居"衡庐"志感》	……247

蝶恋花·寄旧友	……248
遥祭星云大师	……249
春游佛光山 / 文	……250
答谢挚友惠赠	……252
贺廖建华先生《伏枥轩吟集》付梓	……253

第四辑　静处之悟

修水谣	……257
修河渔舟	……258
修河观钓	……258
纪念查阜西诞辰 127 周年古琴雅集抒怀	……259
话说修水人 / 文	……260
观中国女排里约奥运夺冠有感	……266
丙申重阳有感	……266
居海南岛闻内陆雾霾严重叹怀	……267
三亚迎春	……269
元宵感怀	……270
三亚湾记 / 文	……271
己亥回故乡逢重阳感怀	……273
无题	……273

庚子春观诸友登黄龙山只角楼照片有感	…… 274
题照	…… 274
病中吟	…… 275
也说七夕	…… 277
秋思	…… 278
偶得	…… 279
清平乐·居三亚过春节	…… 280
医思	…… 281
观蓝天流云有感	…… 281
闻获批加入中国作协	…… 282
头衔/文	…… 283
西江月·辛丑思亲	…… 287
遥寄	…… 288
辛丑寄怀	…… 289
壬寅念女	…… 290
题蜗牛	…… 290
静夜思·依陈宝箴《送厨工》韵	…… 291
抢拍黄龙山火云题照	…… 292
山村自拍《晨曦月色》题照	…… 292
感怀九江新华书店赠书九江理工职业学院	…… 293
菩萨蛮·滕王阁	…… 294

目录

拙作"幕阜叙事"之《天脉》《山魂》两书
    出版有感,步先贤涪翁《寄黄几复》韵 295
冬日喜雨 296
壬寅大旱感叹 297
客居澳洲有感 298
身居澳洲遥望故乡感叹地球之奇妙 299
在悉尼过七十生日偶得 299
中秋夜悉尼咏月 300
独行说 / 文 301
西江月·贺南昌八一广场新华书店重新开张
...... 303
江城子·造园 304
乔迁有感 305
田舍翁赋 306
练字偶感 307
无题 307
自嘲 308
读某诗词群吟咏"写诗难"有感 309
荣获修水文学奖有感 310
钓翁说 310
无题 311

虎年感言	…… 312
清明遐思	…… 313
清明	…… 314
屡闻高官落马感怀	…… 315
咏茶花	…… 316
咏梅	…… 317
无题	…… 317
偶成	…… 318
无题（二首）	…… 319
菩萨蛮·春愁	…… 321
癸卯清明感赋	…… 322
幕阜山	…… 322
茶芽	…… 323
浮桥	…… 323
夜读	…… 324
人生之叹	…… 325
后记	…… 326

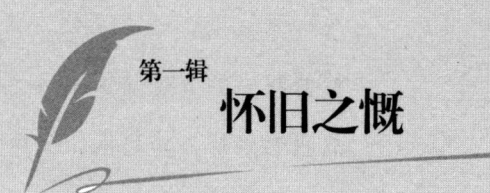

第一辑
怀旧之慨

我在记忆的岸边，捡到了一个漂流瓶，打开一看，发现是一串——对我来说——宝贵的珍珠。人到老年，又见到了青春年少时的文字，该是何等兴奋！

我出生在一个穷山沟里，少怀报国之志，苦等20年，终于穿上军装，走进了军营。那时的心态，用"雄鹰展翅""猛虎出林"来比喻，一点不假，大有"当今天下，舍我其谁"的襟怀。恰好我当的又是陆军水兵，经常驾驶着登陆艇，飞驰在福建沿海敌我参差的岛屿之间，无论时期还是地域，都处于剑拔弩张充满刺激的环境之中，英雄之气无与伦比。

"少年易老事难成，一寸光阴不可轻。"想起了这句诗，满腹惆怅涌上心头。当年踏云驾雾，如今尘埃落定；当年登泰山而小天下，如今隐闹市而静心怀。唯有当年那些文字，如今看来，竟是别有韵味。

嗟乎！当年之气不可少，如今之态自怡然。少年竹马骑不够，笑煞白头一老翁。

平生首次在军营过八一建军节有感

踏浪枕波对雾烟,

军营过节激情添。

抬头猎猎旌旗奋,

俯首铮铮甲胄严。

才饮家乡壮别酒,

又尝大海接风盐。

已将躯体交尧舜,

且唤风云铸铁肩。

(1976年8月1日)

题厦门鼓浪屿日光岩（二首）

之一

日隐云天紫气微，

波涛之上白鸥飞。

忽闻鼓浪声声震，

动我心弦湿我衣。

之二

岩前片片雾纱飘，

远望金瓯隐浪涛。

安得郑公再渡海，

峡湾彼岸抛长锚。

（1976年8月8日）

游大嶝

艇队赴大埕湾演习,返航路经大嶝岛小憩,感慨得句:

偷得空闲游大嶝,

清风送爽自怡然。

树荫遮满千条道,

禾毯铺开万亩田。

沃土安居日暖地,

乌云压顶夜惊天。^(注)

榻旁尚有鼾声响,

待旦枕戈不得眠。

注:其时两岸炮击未停,一到子夜,炮响连天,零点之前这边打过去,零点之后那边打过来,惊心动魄,夜不能眠。

(1976年8月14日)

丙辰除夕于南日岛寄怀

初去三苗地^(注),远征赴海防。
又逢佳节至,不胜意彷徨。
昔日享亲爱,今朝防敌伤。
孤鹏偎小岛,戚戚在他乡。
年夜无鱼肉,加餐疙瘩汤。
忽闻任务至,应命速开航。
浪破腾空起,涌开波内藏。
驰骋飞胆魄,呕吐倒肝肠。
战士有豪气,男儿扛大枪。
以身护海域,昂首迎春光。

注:我故乡幕阜山一带,为古三苗国领地。

(1977年2月)

生如浪花

年少从戎，我当上了水兵。

在海上走得多了，便形成了一个癖好：喜欢看海，具体点说，是喜欢看海浪。平日里一有空闲，我就会在各种位置看海，看海浪在大海里腾挪跳跃，尽情舞蹈，或是舒展身姿，显露风情。

停泊军港，在港湾里看海，海就像个慈祥的老人，整天微笑地迎送着进出港的舰艇和渔船，用她那细细的浪花抚摸着船舷，欣赏着人们收获的喜悦。

若是置身于海岸，坐在礁石上看海，海便成了一个柔情舞女，不时翻出一个技巧，从礁石边跃起，亮出一朵美丽的浪花。那瞬间的美，娇艳夺目，瑰丽多姿，胜过世间任何花卉。

当舰艇奔驰在海面上时，海就成了水兵的情人，她总是手捧浪花，追逐着船舷，缠绵悱恻，相拥而行。还不时投怀送抱，跃上甲板，与舷栏热吻，甚而至于扑向人怀，渗透肌肤，淋漓尽致，让我神魂颠倒，如痴如醉。

有时登上海边的山峰，立于高岗，远眺大海，海面便是凌空铺展的蓝色舞台，海浪就是一个个婀娜多姿的演员，要么成排成列，要么参差错落，组合成变幻莫测的阵容。有时像西子浣纱、貂蝉戏月，安静舒缓，引人入胜；有时像大漠昭君、花亭贵妃，性似奔马，情若烈焰，在天幕下上演着千变万化的动人活剧。

时间久了，我爱上了大海，爱上了海浪。我甚至幻想着自己就是一朵浪花，还激情四射地写过一首诗，题目就叫《我是一朵浪花》，诗中直接表达了对浪花的向往：

我是一朵浪花／我有浪花的脾气／大海把我托起／我为大海增辉／雄风把我抖开／我为雄风助威／我大声呼唤阳光／是它以灿烂的光芒／为我披上金甲银盔

我是一朵浪花／我有浪花的勇气／虽然比昙花还开得短暂／但我愿拼搏着不断腾起／征途上即使有巨礁挡道／我宁可撞个粉身碎骨／也不会低头、回避

我是一朵浪花／我有浪花的志气／我不能翻江倒海／也不甘沉没海底／生命就在于飞跃／哪怕化为无形的气体／我执着地追赶巨轮、小舟／用我的生命／去传播海的捷报、春的讯息

沿着这诗的旋律，我一路走来。

待到我的工作生涯画上休止符的时候，我回观走过的脚印，终于能为自己的坚守感到欣慰，因为我记住了初心，实践了愿景，征途上即使有许多的岔路，还是没有把我引入歧途。

我还是面朝大海，春暖花开。

我还是浪花一朵，笑对苍穹。

晚年颐养，我又来到了海边。我选择了一间正对着大海的居所，面积不大，仅40多平方米，但有一个宽阔的阳台。我在阳台上置一桌椅，放一套简易茶具和一个香炉，闲暇时烹茶焚香，与大海对饮，与浪花相伴。

又见海浪，给我带来的当然不是兴奋。人到老年，兴奋期早已过去了，有的只是慰藉，是感怀，是思考。

你看那些海浪，从大洋深处涌来，波涛滚滚，奔腾不息，无怨无悔。接近岸边时，都是用了最后的力气，奋力一搏，将自己积蓄了一辈子的能量，转化为一朵朵绚丽的花朵，在苍穹下开放。

她们在大洋里是自由的、独立的，一如"自由之思想，独立之精神"，没有霸凌，没有阻碍，可以任性发挥，可以放荡不羁，这才得以各尽所能，各展其艺，装点出多姿多彩的海洋风景。

然而到了岸边，情况就不同了，岸边的好坏，决定了她们的命运。遇到平坦的沙滩，她们就是海之骄子，接纳她们的是宽广的胸怀，是温柔的抚慰，是可以让她们尽情施展的舞台。"阳光，沙滩，海浪，仙人掌，还有一位老船长"，多么美妙的人间仙境。可地球上并不都是平缓的沙滩，还有悬崖峭壁、怪石嶙峋。波涛把她们推到这里，她们就命途多舛了，要么灵活乖巧，学会投机，选择小湾角落苟且偷生，要么就是不屈不挠，舍生取义，向礁石峭岩挑战，撞个头破血流。

生如浪花，真是意义非凡。拥有海洋，拥有天空，便是拥有了一切。无论是何境遇，能够开出绚丽的浪花，就是生命的绽放，就是成功的标志。

我把眼光从海面收回，环视辽阔的海湾，但见半月形的三亚湾确乎大而美丽，绕湾沿岸一线，遍植棕榈椰树以及各种热带花草，给海滩洒下片片绿荫。间或有茅棚躺椅和五颜六色的阳伞点缀其间，给整个海滩增添了油画般的风采。海浪吻着沙滩，发出粗促的呼吸。花花绿绿的游人们，尽情地与浪花嬉闹，打湿了衣裙，灿烂了笑声，放飞了心情。

我犹如在天上俯视人间，顿生七仙女的幻觉。

一定要写点什么，面对大海，不能只是春暖花开，我想。

（2023年5月18日）

欢送退伍老兵

壮士远征志气高,

军营数起凯歌潮。

行船下笔描航迹,

斩浪挥刀洗战袍。

几历熔炉淬火炼,

多经宝典用心熬。

今番解甲豪情在,

明日归田再起锚。

（1977年3月3日）

夜过马祖岛

艇队奉命北上执行任务,路过马祖海峡,遥见敌占岛上灯光摇曳,渔港村落若隐若现,即占一绝:

戴月遥观隔海娇,

灯明水暗脸容憔。

何时张臂怀中揽?

海誓山盟尽暮朝。

(1977年3月11日)

跨海演练有感

七月征程千里多，

龙王不奈水兵何。

双车卷碎晶宫瓦，

一舵撞开水府波。

使命在身枪在手，

敌情不去势不和。

倚天挥剑浪涛起，

四海翻腾奏战歌。

（1977年8月12日）

凯旋诗

1977年夏,参加陆海空三军联合大演练,本人荣获海军前指嘉奖,班师之时,口占一绝:

演兵载誉激情添,
顿觉暑天日不炎。
寄意熏风传快讯,
掀开故里一村帘。

(1977年8月)

镇海词

波浪涌深沪，

涛头跃大舟。

笛鸣龙殿震，

旗动玉宫愁。

姑嫂叹观止，

将军欲效尤。

王师出海日，

一举收琉球。

（1977年5月23日）

将军山上姑嫂塔

从前,福建沿海的深沪湾边,有个小渔村,村子里住着一户老渔民。老渔民生了一男一女,儿子长得膀大腰圆,一身的力气,整天跟着父亲驾舟出海,捕鱼捉虾。女儿长得小巧玲珑,一身的灵气,长年和老娘在家织网晒鱼,缝补刺绣。后来老渔民又为儿子娶了个媳妇,小媳妇长得眉清目秀,小脚蛮腰,很招人喜爱。尤其是姑嫂俩,又相像又投缘,成天价形影不离,成双打对,街坊邻居都赞不绝口。

忽然有一天,村子里遭了大难。一群倭寇深夜登陆,将渔村洗劫一空。老渔民夫妇惨遭杀害,儿子被倭寇掳走。恰好女儿陪嫂子回了娘家,才躲过这场大难。待她们回来时,眼前已是一幅触目惊心的惨象。姑嫂俩悲痛欲绝,哭得死去活来。邻居告诉小媳妇说,她丈夫被抓走时,要他们转告她,叫她等着,他会回来的。从此,每天下午太阳落山的时候,小媳妇就在小姑子的陪同下,爬到村后的小山上,向着茫茫大海瞭望,等待着有一片帆影出现,等待着丈夫驾舟归来。

倭寇对东南沿海的侵扰,惊动了朝廷,皇上就派来了一位将军,带领部队驻扎在这里。将军很年轻,穿上盔甲,威武雄壮,俊秀横溢，英气逼人。他在山下扎寨，山上设岗，每天一早一晚，自己都要亲自上山察看敌情。这样，就会与姑嫂俩经常不期而遇。天长日久，也就渐渐地熟悉起来。将军听了她们的诉说，很是悲愤，劝慰她们多多保重，发誓要为民除害，倭寇胆敢再来，定把他们消灭干净！姑嫂俩听了，都很受感动。俗话说"干柴烈火，一点就着"，青年男女在一起时间长了，总会生出些故事来。久而久之，小姑子对将军产生了爱慕之情，将军也对小姑子情有独钟。二人见面，总是眉目传情，秋波暗送。嫂子见了，也是"哑巴吃饺子——心中有数"，想如果他们真能成就姻缘，既是攀了高亲，小姑子又终身有靠，有何不可？于是也暗中帮助促成美事。二人上山的次数多了，在山上待的时间也长了。嫂子还会经常借故绕到山后，腾出空间给他们幽会。

可是天公不作美。一年后，朝廷降下旨意，部队调防，将军要被调到很远的地方去。这一下，真如晴天霹雳，活活地把个鸳鸯棒打两分。分别的晚上，姑嫂二人与将军相约来到山上，小姑子泪水洗面，泣不成声，嫂子陪着流泪，将军也是双眼红肿，一脸愁容。他要小姑子耐心等待，过个三年五载，就会来接她成亲。姑娘牢牢记住了这句话，将军走后，从此每天来到山上，又多了自己的一个盼头。

姑嫂俩盼啊望啊，从年头盼到年尾，从青丝盼到白发。山上的大石头被风霜磨光了，山上的相思柳被雨露催大了。可是，嫂子的丈夫没有盼来，小姑子的将军也没有盼来。而她们俩还是年复一年日复一日地爬上山去。天热了戴着草帽，天冷了穿上棉袄；刮风了任风鞭抽体，下雨了任雨剑刺心。风可怜她们，为她们呜咽；雨可怜她们，为她们流泪。苍天为她们暗淡，乌云飞万里；大海为她们咆哮，白浪卷千层。

  后来，忽然有一天，姑嫂俩上了山后就再也没有回来，消失得无影无踪了。有人说是她们感动了天上的神仙，神仙把她们接走了。也有人说是嫂子的丈夫和年轻的将军都已为正义战死，他们的灵魂变成了神仙，又奏请天庭将姑嫂俩也变成了神仙，永远永远地守护在这座小山上。再后来，人们就在这座山上建了一座塔，起名"姑嫂塔"，并把这座山起名为"将军山"，世世代代地纪念他们，也祈望他们保佑这里世代平安，永远祥和。

（1978年1月）

寒夜写作随感

秃笔一支驱冷气,

精神百倍著微文。

窗前总觅星光影,

耳畔常闻汽笛音。^(注)

航海莫愁胃受苦,

登山不怕腿抽筋。

拼将肝脑全涂地,

榜上留名塑士魂。

注:当时部队驻地福建省莆田县涵江镇有纺织厂,每到深夜一点便拉响汽笛换班。

(1978年1月29日)

读《哥德巴克猜想》

读罢奇文泪湿巾，
男儿志气令人钦。
只因猜想一加一，
不见哥翁不死心。

（1978年2月20日）

案头叹春

室内仍存冰雪意，
窗前已是百花齐。
可怜书案无春趣，
独对清辉字字凄。

（1978年3月16日）

自勉

怀志有千业,
攻书无一精。
秋霜覆顶时,
愧对盘中羹。

（1978年）

磨炼

老天要考验一个人，总不会让他轻易过关。

20世纪70年代的军队，还没有走出文化的困境，每年应征入伍的士兵中，小学、初中文化的占多数，高中生凤毛麟角，一个连队想要找个文书都捉襟见肘。我进新兵连不久，指导员就在大会上问有哪个会出黑板报？我曾当过几年民办老师，粉笔早就玩得熟溜了，便怯怯地举起了手，指导员一看全场就一只手举了起来，说那就是你了。我连出了几期板报，不仅图文并茂，还自创了小诗小文，摆在操场边上，老兵们见了，都说是个"文书料子"，错不了。可老天就是爱作弄人，分兵的时候突然杀出一匹黑马，我与文书没有半毛钱关系！说实话我心里很不服气，但不服气又怎么的？还不是老老实实地下到艇上操枪弄炮去？不过我那点老本行还是没有丢，一有空就提起笔，写点诗歌杂文啥的，不料很快就被大队（团）领导发现，一下就调进了报道组，搞起了新闻。

与当文书比起来，搞新闻报道的难度就不在一个层面了。我以前虽然喜爱写作，但那都是低档次的，上不了大雅之堂。以前天天看报，总是羡慕那些作者们厉害，这下自己要问鼎巅峰，谈何容易？门都摸不到！果然一进报道组，同行们就说你要做好准备，不脱一层皮恐怕是出不了成果的。说我们一个团级单位，组建 20 来年，至今没有一篇稿件上过报。一句话吓死我了，难不成还要我来破这个零？

当然那时若能见个报，也确实是件了不起的事，你想全军就一张报纸，总共四个版面，加上军区一张小报，千军万马挤独木桥，那得有多少人落水啊！这就难怪见了一篇军报要立一次三等功了。除了要命，我看登一篇报的难度不比打仗拿下一个山头小！

世间事物，愈是高品位的，便愈是高难度的。

我那时想，写作本是自己的爱好，之前在家里时穷困潦倒，不是也在天天晚上熬油灯吗？现在部队几乎给了一切条件，多好的机会，还不竭力一搏更待何时？于是便拿出了拼劲儿，发疯似的写稿发稿。那时部队驻守在涵江镇边上，镇上有个大工厂，每天凌晨一点夜班换班，会拉响汽笛，声震四野。我总是想，那笛声对上班工人来说是放松，是回家休息，可对我来说却是警醒，是继续努力。于是我伴着笛声，小歇片刻，太困了就洗一把冷水脸，又打起精神进入"下一班"，直到三点、四点，甚至通宵。

随着寒来暑往，花开花落，用血汗浇灌的果实终于跃上了枝头。那时投稿很简单，不靠"关系"不走"后门"，只要在信封上注明"稿件"二字，或剪下一个角，投入信箱即可。我的文字第一次印成铅字见诸报端，是一首纪念毛主席逝世一周年的诗歌《汽笛长鸣》，还是炊事班一个战友拿着报纸向我报喜的。此后一发不可收，从军区小报到《解放军报》《人民日报》《福建日报》，不断露面，直把部队的领导乐坏了，他们没有想到就这个小子，帮一个团队扭转了乾坤。从那以后，水兵大队连续几年新闻报道工作名列军、师先进单位。

用上那句"宝剑锋从磨砺出"？忆及我个人的收获，我自认为比当个文书还是要强多了。

（2023年1月19日）

第二辑
行旅之得

"行万里路，读万卷书"，这是中国"士"的信条。

"世界这么大，我想去看看"，这是中国人的想法。

老来无事，身体尚可，于是这双脚就不自在了，每年都要出去转转，既增长了见识，又强健了体魄，"一打鼓二拜年"，两全其美。

有行走就有见闻，有见闻就有思考，由此得句，便是山川的吟哦、草木的笑靥，是触摸历史的手感，是聆听风物的回音。

瞻仰安庆独秀园^(注)有感

当年铮骨何方存?
安庆城西有檄文。
只为荒原添景色,
一枝独秀苦争春。

注：独秀园系纪念革命先行者陈独秀之公园。

（2016年10月4日）

登凤阳鼓楼

扶砖踏道上斯楼,
北望京师烟雨愁。
治吏若如洪武纪^(注),
贪官哪个可留头?

注:明朝朱元璋时期,吏治十分严酷,动辄杀头问罪。

(2016年10月18日)

访凤阳龙兴寺

当年无奈当僧陀,
创业从来艰险多。
大战鄱湖惊昊宇,
石头城里听禅歌。

(2016年10月18日)

访凤阳小岗村

田分田并又田分,
道路坎坷曲折行。
一纸文书生死义,
万顷稻菽古今情。
庶民只是求温饱,
官宦才须举帜旌。
草舍如今成景物,
江淮依旧水难平。

（2016年10月18日）

新十八勇士

1978年11月24日晚,小岗村18户农民代表集中在严立华家,在一纸"包产到户"的契约上按上了红手印。当时谁也没想到,正是这一创举,拉开了中国农村改革的序幕。

当时的农村,已经实行人民公社30多年,"三级所有,队为基础"的劳动分配制度早已深入人心,谁敢说半个"不"字?可是那时候的农民已经穷得叮当响了,每年度春荒,很多地方都有人成群结队外出讨饭,国家也是心有余而力不足,很多人是敢怒不敢言。就在这时,小岗村的18位农民勇敢地站了出来。他们深知,偷偷地搞分田到户、包产单干,上面知道了是会有坐牢的危险的!为了生存,为了活命,他们宁可赴汤蹈火,也要冒死一搏。他们留下的遗言是:村干部做好被杀的准备,村民负责养活村干部的老婆孩子。有没有壮怀激烈的感觉?是不是会联想起红军十八勇士的壮举?

有一个词叫"担当"。人的一生,总会遇到许多问题,在是非曲直面前,在需要作出选择的时候,是挺身而出敢于担当,还是畏惧退缩以求自保?这既是在考验人的胆识,更是在考验人的品德。把事情提到这个高度，就不能不对那18个人肃然起敬了！英雄不问出身，他们虽然处于社会最底层，最不为人注意，但把"国家栋梁""民族英雄"的称号赠予他们，不是恰如其分吗？

（2016年10月18日）

汨、隽二水行四题

丁酉清明时节,与戴逢红君、方墨立君沿汨水、隽水流域同游平江、通城两县,得句四章。

其一
拜谒屈子祠

我自水源寻屈原,
汨罗一路有遗篇。
忠良含恨奸佞笑,
天下何方不楚人?

其二
拜谒杜甫墓

洪水推舟困小田,
便遗白璧在人间。
风云千载忧烦事,
叹尽生民难入眠。

其三
祭天岳关

抗倭设祭在斯山，

千里征程人不还。

名姓随风潇洒去，

英雄豪气满天关。

其四
题通城麦市李存忠旧居

接骨神医誉古今，

杉皮两块救黎民。

如今再访瓦橡屋，

想叫老爹无处寻。

（2016年10月6日）

汨罗之叹

说到汨罗江，人们便自然想起屈原，想起端午节，想起划龙舟，想起粽子，心中满是感慨惆怅。是啊，一部华夏历史，上下五千年，这其中多少英雄豪杰，多少至圣贤才？而因一人设立一个法定节日的，大概也就屈原一个罢了。

从历史看，屈原是光荣的；从人生看，屈原是悲哀的。

屈原的悲哀，其实又是楚国的悲哀。

楚怀王傻吗？当然不傻。在列国纷争、危机四伏的时代，作为一国君王，用才应该是最起码的常识。屈原在他手上官至左徒，也就是宰相吧，一人之下万人之上啊，还要怎么器重？后来是奸臣进谗，才贬为三闾大夫。三闾大夫也不小啊，也是上品啊。这既说明屈子有才，也说明怀王爱才用才吧。那么为什么事到后来又走向反面，视屈原如草芥，弃之不用了呢？史书记载无非是些忠言逆耳、鬼迷心窍之类的，甚至有人还扯到了绯闻上，说屈原与怀王有一腿，因感情破裂愤而出走。春秋战国时期固然十分乱套，那些王公贵族们腐化堕落至极，甚至兴起养"男宠"的恶习。可要把这顶帽子戴到屈原头上，恐怕太过牵强。屈原是何等人？一个开天辟地写出《离骚》《九歌》《天问》等伟大诗篇的人，能有个那么卑贱猥琐的心灵吗？若如某些号称"专家""学者"流的歪说邪解，把屈原的作品说成是个人感情上的倾诉，那真是天大的笑话，真应该帮他们戴上一"伪"字头衔。

屈原的悲哀，是他的才华所致。

一个人，有才华固然是好事，但倘若境遇不好，才华就会成为一副枷锁，把自己套牢。

屈原的诗赋，主要是后来显露出来的，是在他遭流放以后，袒露心中块垒而迸发出的天才。这是一个历史里程碑，自他之后，古代诗歌才由群体诵唱变为个体创作，是屈原揭开了诗歌创作崭新的一页，所以后人才称他为"诗祖""诗魂"。那么在他身居庙堂、人生得意的时候，他的才华又是如何体现的呢？史称"博闻强识，明于治乱，娴于辞令"。用现在的话说，就是聪明能干，是个治国的大才，而且他的材料写得好，是朝中一般僚属们望尘莫及的。这就埋下了灾祸的根子。在几千年的官场上，在同朝为官的平台上，谁崭露头角，鹤立鸡群，谁就要准备应对莫须有的妒忌和憎恨，倘若没有人保护，这个人才就会落得个可悲的下场！屈原的材料写得好，于是就有人得红眼病了。其中一个上官大夫，自己想往上爬，却苦于没什么本事，于是就去套屈原的近乎，要屈原帮他写材料，甚至愿意出点银子。对这样的奸邪小人，屈原是不屑一顾、嗤之以鼻的。屈原又本性清高，平日里根本就不去与那些小人同流合污，从不参加他们的品茶、喝酒、打牌、吹牛等活动。于是便得罪了上官大夫之流，屈原全身心地投入到工作之中，脑子里想的全是御敌保国朝廷安危大计，而那些奸臣们想的却是如何贬损、遏阻屈原，其伎俩无非就是千方百计在国王面前煽风点火、造谣中伤、进谗使坏那一套。要知道在封建社会里，君子是永远也斗不过小人的。君子凭忠诚只做不说，小人耍诡计只说不做。于是掌权者便成了昏君，做出黑白颠倒是非混淆令亲者痛仇者快的事情。楚怀王又何能例外呢？终于有一次，屈原正在闷头起草一篇国家法令，还没写完，上官大夫就要抢去，想署上自己的名字呈报给怀王。屈原当然不给，还把他轰了出去。于是上官大夫便捏造了一段逸言，说屈原居功自傲，吹嘘楚国的事只有他能做好，连怀王都不放在眼里。怀王信以为真，一怒之下就疏远了屈原。

在封建体制下，为臣者有才气，就不能有骨气。自视清高，不愿合群，就会被踢出圈子，打入冷宫。其残酷程度可见一斑！

屈原并不是个鸡肠狗肚之人，他对自己的进退本无所谓，贬了官职，照样做事。叫他出使齐国，他就认认真真地与齐国修好，巩固同盟。不料怀王又被秦国派来的张仪所惑，张仪乃鬼谷子的两大文徒之一、著名的战国纵横家，怀王哪经得起他的游说？结果落入秦国的陷阱，一败再败，最终自己客死他乡不说，泱泱楚国在几十年间便一蹶不振，为秦所灭。这期间，屈原眼见国难将至，心痛至极，遂不顾个人得失，多次进谏，力主恢复与齐国的关系，联合各诸侯国以抗秦，但都被间谍张仪和奸臣靳尚、公子子兰参陷，忠言逆耳，反遭流放，终至怀石投江，以身殉国。

这不是楚国的悲哀吗？每每想到这些，总是切齿摇头，扼腕叹息。"亲贤臣，远小人，此先汉所以兴隆也；亲小人，远贤臣，此后汉所以倾颓也。"诸葛亮的这句话，是如此浅显易懂，不仅是汉朝兴衰的警示，几乎自古至今概莫能外！

屈原的祖上原本就是罗子国人，罗子国与荆楚同宗，是芈部落穴熊氏的一个分支，后来又被楚国打败，并入楚国。罗子国几经迁徙，最后从湖北的枝江迁至湖南平江的罗山。这么说来，汨罗江又是屈原的故乡河流了。他虽不生于斯，却死于斯，也算是魂归故里吧。他携着芈、熊家族的血脉，打着汨罗的印记，走向庙堂，走向高峰；最终又带着他的浑身忠勇、满腹才华、一腔豪情，回归汨罗，回归自然，注入绵延不绝的历史长河。

（2016年10月6日）

诗圣遗阡

小田村，距平江县城30里，杜甫墓、祠就建在这里。祠不大，仅一四合院落，大门上方，嵌有青石板刻一块，上书"诗圣遗阡"四字，字迹厚重，据说为清光绪所书。祠内除有一些杜甫生平事迹的照片、物件外，亦有少量题诗书匾，如"洞庭沉璧""三吏三别生民叹，秋雨秋风仁者心"等，倒也颇具意境，令人引发思古之幽情。墓在祠后，癸山丁向，花砖结顶，红石墓碑，典型的唐墓风格。墓碑正中，刻有"唐左拾遗工部员外郎杜文贞公之墓"字样，为清光绪九年（1883）癸未冬十月吉日重立，立墓者为署平江县事武陵县知县李宗莲。

也许是名人效应所致，据说杜甫墓也有七八处之多，究竟何处是真何处为假，争议不少。若依权威论证，平江这处应确认无疑。一是早在清光绪年间，就有平江才子李元度和张岳龄考证，呈奏皇帝御批，确认为真迹；二是国家文物局主编的《中国名胜词典》已认定为全国唯一的杜甫归葬墓；三是1988年国务院正式公布平江杜甫墓为国家重点风景名胜。当然更能证明的，还是杜甫后期漂流生活的足迹，表明平江确是他的归宿。

据说宋代文人都不愿写诗，说是好诗句都被唐人写尽了，所以都转而填词，于是乎成就了宋词。只有黄庭坚不服，千思万想，想出了"点铁成金""夺胎换骨"的点子，这才有了江西诗派。这样解读江西诗派究竟可否暂且不提，只是"诗到唐代已写尽"，确乎几成共识。别人不说，单论杜甫，其现实主义的诗意表达，可谓登峰造极，无人可及。当然这与他的命运和经历息息相关，中国史上著名诗人中，杜甫可说是苦难最深重的一个。本来他也是生在官宦人家，父亲官至兖州司马，家境算是充裕的。少年时期也是个爬墙上树、调皮捣蛋的主儿，"忆年十五心尚孩，健如黄犊走复来。庭前八月梨枣熟，一日上树能千回"。因为衣食无忧，青年时就醉心山水，到处游逛，"放荡齐赵间，裘马颇清狂"，从19岁起到33岁，整整14年，他先后游历了吴越、齐赵、梁宋等地，其间还遇到了与他一样漫无边际的李白，结下了"醉眠秋共被，携手日同行"的友谊。正是有了这么丰富的阅历，才为造就这位伟大的诗人打下了坚实的基础。但也要看到，由于长期旅游，难免耽误了学业，以致进士考试落第，被堵在了仕途之外。这又使他日后的漫漫人生路充满了辛酸，受尽了苦难。等到天宝六年（747），唐玄宗求才心切，在科举之外搞了一次"通一艺者"考试。杜甫于是立即报名应试。不料又遇到了一个嫉贤妒能的贪官李林甫，愣是再好的人才他一律不取，反而到皇帝老儿那里谎报一个"野无遗贤"的把戏，说是朗朗乾坤皇恩浩荡，人才全被朝廷起用了，外面再无贤者了。也是杜甫倒霉，似火热情被一瓢冷水浇了个透凉，直到四年后，又一次机遇来临。玄宗要在天宝十年（751）春举行祭祀太清宫、太庙和天地的三大盛典，杜甫于是摩拳擦掌，使出浑身解数，在天宝九年（750）冬天就把三篇《大礼赋》写了出来，得到了玄宗的赏识，命待制在集贤院，等候分配，还是没有得到官职。又过了四年，才得到一个右卫率府兵曹参军的头衔，还是个负责看守兵甲器杖，管理门禁锁钥的小官。然而此时他年已四十有四，且因他一心扑在写作上，家里的事儿丢在一旁，柴米油盐均无着落，小儿子竟活活饿死了。此后的杜甫，就在国家的衰落、战乱之中，东奔西走，颠沛流离，虽也先后任了个左拾遗、检校工部员外郎等官职，但都是当的乱世官，依附着很不稳当的靠山，说当就当，说丢就丢。一家老小基本上是过着流浪般的日子，从长安到蜀地，从军营到乡村，可以说受尽了人间疾苦，尝够了人生磨难。晚年甚至到了开荒种地、投亲奔友、靠人接济度日的境地。正是这种颠沛流离的生活，使杜甫在苦难中看到了社会，观照着人生，思考着问题，并且以他特有的才华注入笔端，融进诗赋，为后世留下了许多不朽的华章。从公元760—768年间，杜甫作诗多达430多首，占现存作品的30%。其中《三吏》《三别》《春夜喜雨》《茅屋为秋风所破歌》《蜀相》《闻官军收河南河北》《登高》《登岳阳楼》等大量名作，都出于这一时期。

晚年的杜甫，就像一片树叶，在风雨飘摇中颠沛流离。由于战乱，他在四川几无安身之处；靠朋友资助，朋友也有难处，且有的调离，有的亡故。他一辈子唯一的住处，或曰"家"，就是成都令尹严武等好友凑钱帮他盖的一座草堂，而且还无钱维修，以致"八月秋高风怒号，卷我屋上三重茅"。被迫出川之后，更是苦不堪言，想寻找朋友，又遇到守军叛乱，只得逃命于长沙与衡阳之间，弄得身无分文，举家饥饿；想回到河南故乡去，老天又不照顾，一场大水把他阻在洞庭湖边。这时他才想起有个故交在平江当县令，于是一家老小乘了一叶小舟，沿汨水溯江而上，几天几夜的漂泊，搞得杜甫筋疲力尽，真是缺衣少食，饥寒交迫，最困难时竟有五天没吃东西。亏得县令及时赶到，送来食物，才没有饿死。可这时的杜甫，已如油灯熬尽，贫病交加，不几天就在那条破船上不治而亡，结束了年仅59岁的生命，一缕诗魂追寻屈原而去了。平江人怜其凄惨，就地把他葬在江边小田村一个叫天井湖的地方。杜甫的儿子宗武、孙子嗣业就在墓旁搭起一座茅庵，作为丁忧守墓之所。后来他们便在此地安家落户，繁衍生息，至今这里还有一个村庄叫杜家冲，杜姓人口已达2000余。

正应了那句"国家不幸诗家幸"的箴言，历史造就了杜甫，历史也需要杜甫。世有杜甫，诗已尽言。后人还有何话说？

（2016年11月）

古关前的思考

天岳关设在湘鄂交界的一个山口，幕阜山和黄龙山分列两侧，为古代两湖分界的唯一通道。1939年8月，中国国民革命军陆军第九十二师刚从台儿庄战场撤下，受命驻守天岳关一带，任务是拦截南下湖南的日军，策应长沙会战。会战结束后，师长梁汉民深感多次战役的惨烈，思念所部阵亡将士，于是在天岳关西侧修建了一座"无名英雄纪念墓"，以志纪念。

关的西侧，有一条石阶步道，步道口上建一仪门，门柱顶端是两个军人头颅石雕，底部是两个持枪军人雕像，恰似两个守卫哨兵。门楣上书有"无名英雄墓道"字样。沿步道拾级而上，约行百十米，便至一小山头，纪念墓就建在山头上。墓地不大，全由麻石铺就，方形座基上，耸立起一块十余米高的墓碑，碑形为一个头戴军帽、身披战袍、手握钢枪的军人，器宇轩昂，面北而立。墓前、碑身分别有蒋介石所题"气壮山河"和抗日名将薛岳题写的"浩气长存"石刻。墓后竖立一块墓志铭，铭略曰：壮志凌云，生活艰辛。连季长征，救国救民。昔同甘苦，今竟成仁。出师未捷，何堪先殉。求仁得仁，不负此生。忠昭日月，义泣鬼神。英雄无伦，崇高无论。万古凛烈，感召后人。落款是"中华

第二辑 行旅之得

民国二十八年陆军九十二师师长梁汉民率全军将士建立无名英雄墓纪念",铭文据说为梁汉民从征文中所选,无名氏撰。

有史书记载,修墓所需费用,均为上面下拨给九十二师的生活补助,是从全师将士的口中抠出来的。闻知此事,心中怎不酸楚?

遍观全球,中国关多,外国堡多,几乎无隘不关,无险不堡。且不说外国,从我们民族的历史看,一路走来,争斗何时停息?远古有炎黄争斗,之后又与蚩尤大战200年,直把个蚩尤杀死,杀得"刑天舞干戚,猛志固常在",杀得九黎三苗南北逃窜,北上的远达欧美,南下的进入幕阜山脉,"左洞庭,右彭蠡"(《史记·吴起列传》)。到了尧舜时期,又怕三苗九黎不服管辖,再次对其征服,虽没有赶尽杀绝,也已致其元气大伤,只能散居西南"三危"之地,或是融入其他族群。到了夏商周,帝王父位子传,改朝换代都以战争解决,特别是春秋战国,群雄逐鹿,四分五裂,把中华民族引向了深重的灾难之中。在长达500多年的时间里,到处充斥着血腥搏斗,经常发生惨不忍睹的屠杀事件,久而久之,竟然演变成了一种以力绥人的恶性文化,之后又绵延传承了两千年。在超强的权力把控面前,孔老夫子"克己复礼"的声音是那么微弱,孟老夫子"民为贵,社稷次之,君为轻"的呐喊也只能令有识之士们摇头叹息。这就是历史,这就是几千年的文明史。有人说"一将功成万骨枯",而所谓的人类文明社会发展，不更是亿万枯骨堆砌而成的么？我想这绝不是我们所应该拥有的。人类需求的，是和平和谐，是平安礼让，是道德法治，是真正的文明。其实在历史长河中，这样的"桃花源"也曾有过，从天岳幕阜山的巍巍群峰里，就可以找到有力的证据。在尧舜禹的治理下，一段时期里，这座连接祖国南北、连接长江黄河两大流域的"龙脉"，记录的都是耕田种地、疏浚河道、推演八卦、研制历法、创造音律、调和民事的和平经历，传唱的都是劝事农桑、寻道炼丹、共抗灾害、和谐共存的悠扬山歌。没有战争，没有残杀，没有阴谋诡计，没有烽火硝烟。多么善良的人心，多么友好的氛围，多么积极的生活，多么美丽的家园！只不过美好的东西总是那么短暂，总是被恶劣的争斗史所淹没。我们讲弘扬优秀传统文化，需要弘扬的，却正是这种难能可贵、光辉灿烂的中华文化啊！

那天从关上下来，天上日隐云聚，下起了小雨。雨丝打在山野林间的一块块无字墓碑上，就像挂在一张张脸上的泪水，参差流淌。那些无墓之碑，是后人为缅怀无名英烈陆续立起来的。我相信每块碑上都会有一个魂灵，和平年代，他们理应得到天地的关爱，享受人间的烟火。

（2016年12月）

神医李存忠

车子越过幕阜山脉，顺着逐渐平缓的山地，便来到了湖北省通城县麦市镇的李家庄。这是一个隐藏在我心里数十年的"神地"，一个久想探访而不得的心结。因为在这里，有一个我十分崇敬的高人，名叫李存忠。

李存忠，20世纪中叶一个神奇人物，在幕阜山区方圆数百里都享有盛名。他是一位老中医，专治跌打损伤，以接骨医术最为著名。无论骨头断到什么程度，他都是两块杉皮一副草药，手到病除。人们说他有三大神奇：一是有预知。病人没到，他就招呼家人做好准备，说今天有重伤员来，或是有远方来人，要附近的病人让一让。人说他有"耳报神"。二是看人说话。如果受伤的是个好人，他会劈头盖脸一顿臭骂，当然旁人听得明白，都是些责怪疼爱之词；如果是个品行不端者，他就不说话，顶多也就冷冷地问两句，翻一下白眼。人说他会算命。三是会"寄痛"。说他为好人接骨，一点也不痛，把痛都寄到某个物件上去了。特别是小孩，接骨之前，他从口袋里掏出一块糖，对孩子说："别怕，不痛的，"说着用手把孩子的目光引向窗外一棵树，或是屋子里一把椅子，笑着说，"我把痛呀，寄到它的身上去！"一边说，一边咔嚓两下，那骨头竟就接好了，再看孩子，正在津津有味地吸吮着糖果呢！当然，倘若是个品行不好的人，他就不寄痛，非要让他难受不可。

李存忠个头不高，动作不快，慈眉善目，待人温和，是一个招人喜爱的郎中。40年前我为父治伤见过他，而此行再见时，他已是一张照片，挂在堂屋墙上。我的目光停留在他的手上，那是一双灵活接好了多少骨头、解除了多少百姓痛苦的手啊！就是这么一个神医，却藏在深山自生自灭。想我们的传统文化博大精深，不知有多少民间绝活、民间手艺被忽视被淹没了，如今想来，岂不可惜之至？

伫立良久，我从思绪深处走出，长叹了口气，点起三炷高香，朝着那张陈旧的照片，恭恭敬敬地鞠了三躬。

（2017年12月）

井冈山组诗

茨坪浮想

千山过后进新城,
疑是蟠桃园里行。
挹翠湖边览锦绣,
几多忠骨几多情。

题井冈山干部学院

井冈自古少书院,
堪叹文殊事不全。
世纪开篇有创意,
新型学府育高贤。

桂园断想

当年植桂意如何?
只为井冈牵挂多。
待到秋来风雨过,
香风慰藉红军哥。

（2018年10月）

茨坪漫步

人的天性是喜欢比较。当你享受着井冈夏日清凉舒适的时候，自然就会想起南昌。

南昌的夏天热得出奇，这个火炉连续高烧不退，不论白天黑夜，烤得人冒烟。一上井冈山，气温就是天壤之别了。中午照例是一场大雨，洗退温热，洗净丛林，洗蓝天空，洗透心情。午后起床，见窗外绿荫覆地，清风拂梢，便赶忙出门，一头钻进了挹翠湖公园。

挹翠湖就是一个人造小湖，弹丸之地。不过历经多年，确实打造得非常精致，林荫覆盖，曲径通幽，桥拱水潺，鲤隐花现，成为一个游人休闲健身的绝好去处。

紧靠挹翠湖的，除了一个体育场馆，便是铺天盖地的商铺，统称"天街"，直达北山脚下。倒是那几个本就为数不多的革命旧址，反被淹没其中了。环行一圈，也是车水马龙，一派喧嚣。商店餐馆鳞次栉比，土洋产品琳琅满目。加之两厢沟洼摩肩接踵的宾馆酒店、培训中心，俨然一座繁华的山中城镇。

漫步茨坪，我总是感慨良多。记得20世纪90年代初期，我和时任南京军区宣传部新闻处长朱争平兄上山采访，某天傍晚，我们站在北山边上，环视茨坪。那时茨坪还是一个古老安静的山冲，东边一条石板小路，红四军军部旧址也就是那个铁匠铺，就坐落在路边；西面是新修的马路，路边两排翠绿的水杉直指蓝天，建于20世纪60年代初的井冈山大厦、井冈山宾馆等几个建筑点缀其间，与山景相得益彰；中间便是一大片稻田，田埂弯弯，禾苗点点，毛主席当年入诗的那句"更有潺潺流水"的小溪，从北山沟里钻出，扭着秧歌，穿过田野，欢快地奔向五指山下，跃入水口。我们就憧憬将来，描画着茨坪的远景。时隔20多年，不想眨眼成了拥挤嘈杂、商气有余文气不足的市井，真是"世上无难事，只要肯登攀"啊。

由于工作关系，我到井冈山不可谓不多，对井冈山的研究也不可谓不深，起码当年红军待过的地方基本上都去瞻仰过，大小五井、上下七寨也都去访问过，我就发现一个很奇特的现象：井冈山上无寺庙。你看，大凡中国的名山，哪一座没有寺庙？都说佛、道两家最有智慧，所占据的都是名山大川。换句话说，大凡名山大川，都有两教道场。殿宇隐林，神像镇山，晨钟暮鼓，香火不断。可井冈山却是个例外，她雄踞罗霄中段，横跨赣湘两省，连绵五百里，高路入云端。黄洋界傲视天下，朱砂冲出神入化，五龙潭飞瀑流云，五指峰险峻称奇。如此宝地，密显禅净，正一全真，千载以降，众多慧眼，怎么就没有一个在这里落脚？独独留给了毛泽东，留给了共产党，让他们在这里安营扎寨，为民请命；从这里横扫天下，振兴中华！

难道这也是天数？尽管科学发展突飞猛进，但有些现象却至今难以解释。比如人死之后究竟有无鬼魂？说有说没有的都无证据，近年来量子力学热炒，据说从量子层面看，鬼神现象又有新解。又如《易经》中的卜巫象爻，为何能推演算定世间万物？好像至今尚无定论。等等等等，都是待解之谜。说不定上天早有安排，井冈山超然于众山之上，任是神佛不得占有，待到天下大乱、风云际会之时，自有一双扭转乾坤之巨手，要来这里举旗挥戈；自有一群安邦治国之贤臣，要在这里扎根发力。于是这里就成了中国革命的摇篮、唤醒神州的号角、毁灭旧世界的星火、开创新纪元的曙光。试问哪座名山有此殊荣，哪座名山能与之争锋？

来到井冈山，你不能不心怀敬仰，不能不洗心沐魂。漫步茨坪，我总是感慨万千，既有对先烈的顶礼膜拜，又有对自己的勉励鞭策，更有对后人的期待寄托。猛然间，忆起了已故恩师韩京承老的一句话：井冈山，应是中国共产党人的"圣地"！

善哉斯言！

（2016年10月）

满足

住在井冈山上，享受25度左右的气温，想到躲避了南昌城这座火炉的灼烤，心里便十分满足。

坐于室内，不需开空调，也不需开电扇，舒适得很，早晚还略有凉意，需穿上长衣长裤。出门散步，尽是绿茵，微风拂面，花草送香，顿觉神清气爽。住了几天，就有点当神仙的感觉。

偶尔想起，人呀，其实是很容易满足的。穷的时候，能温饱就满足了；病的时候，健康就满足了；累的时候，能歇歇就满足了；乱的时候，平安就满足了。多数人没体验过，听说坐牢的时候，能自由就满足了。

问题是，穷人富起来后，却又想更富，总是不得满足；病好以后，很快又忘了病痛，又劳更守夜胡吃海喝，于是又丢了健康；歇够了往往无是生非；平安了不想居安思危；从牢里出来的，有的又二进宫、三进宫……

早年我有幸从军，人家问我有什么远大目标，我说当个排长就够了。因为排长就是干部，转业可以安排工作，跳出农门。仅此而已，以后升的官都是"意外收获"。想想这个"初心"，有何不满足的？

今年是我退休后第一次享受老干部疗养的待遇，心里感叹颇多。过去出差，都是公务繁重，虽也到过名胜之地，却因心里装着琐事，很少有观景赏雅的兴致；也有不少迎来送往、觥筹交错的热闹，却往往是疲于应酬，多为勉强无奈。如今好了，肩上的担子卸下了，没有工作之累了，"痴儿了却公家事，快阁东西倚晚晴。"从来没有像现在这样，不问国事，静心休养。吃只需三菜一汤，且以素食为主，不敢吃多吃好——既仍需清廉，保持晚节，更要清淡饮食，以防吃出毛病。寝则子丑入眠，睡到自然醒。我虽不是仁者智者，却特别乐山乐水，漫步花丛林下，能心无旁骛地欣赏把玩，陶醉其间，何其快哉！

每每思及那些"老虎""苍蝇"们，总是扼腕叹息不已。看到媒体披露的情况，实在想不通为什么他们那么喜欢贪不义之财，做缺德之事。据说有的赃款堆了满满一房间，清查时点钞机都烧坏了好几部；有的光茅台酒就藏了几百上千箱；有的情妇小三几十超百个……他们怎么就不明白，要那么多钱财，几辈子都用不完；养那么多女人，不怕掏空了身子？

原来，人本是容易满足的，坏就坏在欲望。欲望大了，就永远不会满足。我国古代有"人心不足蛇吞象"的故事，外国有"三兄弟淘金"的寓言，儒家有古训，释道有真经，按说讲得多，听得也不少啊。

可见贪官大都是不读书的！

（2016年10月）

建校轶事

（一）

从吉安方向上井冈山，进茨坪左拐，穿过北山五井路，迎面就是中国井冈山干部学院。校门不大，楼宇也不算气派，可里面却别有洞天。它顺山沟而建，起伏错落，蜿蜒曲折，前面为办公与教学大楼，往里依次以回廊连接，建有学员宿舍、教授公寓、图书馆、活动场所等等，一式的江南园林风格。两旁是高山密林，直与蓝天白云相接；脚下是潺潺溪流，时而跃石溅花，时而旋转起舞，时而隐入地下不见踪影，时而又展开笑靥亮相人前。在如此优美环境中读书，叫人怎不文理井喷、才思泉涌？

2003年，作为中国共产党历史上三个最重要的纪念地，井冈山与浦东、延安三地一起，开建三所干部学院，作为全国中高级干部的大型培训基地。其时，我受江西省委主要领导指派，配合中央组织部选址建校，历时两年余，承担了一份具有历史意义的工作。

对于建校，各级的重视程度是不用说的。以井冈山为例，江西配套建设的就有泰（和）井（冈山）高速、泰和机场、盘山公路等基础设施，投资数百亿元。很有意思，三座学院几乎同时选址，同时开工，同时建成，都是一流设计、一流施工，都获得了中国建筑最高奖——鲁班奖。坊间还传出了"三气"之说：浦东的洋气，延安的大气，井冈山的秀气。

眨眼十多年过去了，如今，每当走过井冈山干部学院，我总是别有滋味在心头。那里的一砖一石、一草一木，是那么深地镌刻在我的脑海里；那些一起操劳、一起流汗、一起在脚手架上攀爬、一起翻山越野奔波的同事们的身影，是那么强烈地占据着我的情感空间，永远、永远也不会磨灭！

（二）

选址，是井冈山干部学院建设遇到的第一个问题，也是一个颇费脑筋的问题。为此，当时的中组部领导，曾受中央领导之托，两上井冈山考察，江西省、吉安市、井冈山市都派出了相应的人员配合。

那时候的茨坪，包括周边山沟山头，已经全都建起了楼堂馆所，按照规划，山垭中间是商业区，山脚环形公路外侧，是宾馆酒店，或称培训中心、培训基地，很难找到一块整地。于是，我们只好在拆建上做文章。

我曾有一个大胆的设想：为什么一定要建在茨坪？能不能另

选地址？我的考虑是，茨坪空间有限，已经屋满为患，从长远考虑，井冈山无论是传统教育还是旅游产业，必将有大的发展，茨坪一个小镇肯定不能满足需要。离茨坪不远的大井，地处要道，北面是革命旧址，南面是水口景区，中间有一个比茨坪大得多的山塅，全是稻田，几乎不用拆迁。如果把学院建在那里，既好规划设计，使学院能伸展开手脚；又能为井冈山开辟另一个集镇，引导旅游、商业集结到大井；还能减轻茨坪的压力，分流游客，更大限度地减少污染，更合理地布局产业，更有利于保护生态，让井冈山的旅游环境更优美。

可惜我的意见受到了多数人的反对，尽管我努力争取过，也有一些支持者，但最终还是被否决了。

找来找去，校址最后定在茨坪西北角一条狭窄的山沟里，拆除井冈山大厦和杜鹃宾馆，依山建校。

现在看来，当初我的建议不一定不对。你看，如今的茨坪，真是拥挤不堪，楼房都盖到山顶上去了。一到夏季，培训的、旅游的、休假的，越来越多的人群蜂拥而来，大小汽车川流不息，噪音、尾气一齐排放在这几平方公里的山洼里，加之上百家酒店饮食店排出的油烟、污水，把个小镇搞得无可奈何。而学院秀气雅致的身姿，也深藏群山之中，恍如明珠沙掩、锦衣夜行，难得为人所见了。

睹景思旧，我每每扼腕叹息。机不可失，时不再来，一个难得的发展契机，以后恐怕很难再有了。由此可见，战略思维，长远眼光；集聚效应，市场引导。在经济社会建设中，这两条恐怕任何时候都不能轻视。

（三）

一块巨石，横卧在井冈山干部学院大门前的右边，石上镌刻的"中国井冈山干部学院"九个大字，为江泽民手迹。

这块石头很不简单，长十多米，高数米，为花岗岩石质。石头的轮廓就像逶迤的山巅，巍然屹立。它来自萍乡市芦溪县，曾沉睡在芦溪河的河床里。就在它的身边，或许就在它的身上，曾浸染了一个伟人的鲜血，另一个伟人为之号啕大哭。1927年一个萧瑟的下午，从修水打到湖南、又从湖南东撤的秋收起义部队，在这里遭到伏击，总指挥卢德铭壮烈牺牲。据说毛泽东一生只哭过两个人，第一个就是卢德铭。之后就有了三湾改编，就把血染的大旗插上了井冈山。

我每每走过这里，总要注目这块石头，还有石头后面这座庄严的学府。

13年前，在一次学院基建工作领导小组会上，有人对从几百里之外运块石头来不以为意，提出了许多困难。我说这块石头政治意义、历史意义都很大,她寓意我党斗争历程的延续,没有秋收起义,也就没有井冈山,千万不要小觑了这块石头。当时江西省政府一位负责学院基建的副省长把手一挥,斩钉截铁地说,逢山开路,遇水搭桥,哪怕拆掉高速公路的收费站,也要把石头运上山!

于是就有了这块庄严肃穆、别具一格的校牌。

于是在一批批出入校门的学员心里,又多了一座巍然的丰碑;在一个个旅游团队的导游讲解中,又增添了一个动人的红色故事。

(2016年10月)

桂园情思

茨坪北山山后，坐落着江西干部学院，学院前方操场边上，有一个袖珍花园，园内种植的全是桂树，故取名为"桂园"。

八月的南方，正是酷暑难耐的时节，可井冈山上却别有洞天。特别是下午，一场山雨过后，天更蓝，树更绿，清风送爽，空气宜人。我沿着红军北路，翻越北山，走进了桂园。

桂园虽小，却十分雅致。入口处，是一块人头高的奇石，造型酷似一硕大脚印，浑厚踏实。石上刻有"桂园"二字，为集舒同手迹，圆润方正，一丝不苟。不远处，置石桌石凳一套，掩映于绿荫之下，甚为幽静。两边便是参差有致的桂花树，亭亭玉立，圆冠比肩，绿叶婆娑，青翠欲滴。一条石板小路弯弯曲曲，穿越其间。可惜时令不到，若进入深秋，这里定是芳香扑鼻，金粉醉人。

说起来，这桂园还有一段不平凡的经历。

那是2004年初春，我作为江西省委组织部分管领导，负责学院前身——江西省党员干部培训中心的修建工作，历时整整一年。那一年过得真不容易，至今想来，还是令人唏嘘不已。维修工程工作量大、协调难度大不说，光往来奔波就额外地费尽周折。当时为配合井冈山干部学院建设，迅速拓展入山交通，井冈山机场、铁路、公路齐头并进，山上山下一片繁忙。那一年，恰逢泰井高速全线开工，从泰和县境到井冈山上，到处是施工工地。有道是"屋漏偏逢连夜雨，行船又遇顶头风"，那一年我的工作重点偏偏又是在井冈山，一年内先后十多次上山，每次都如上战场，200多公里的崎岖坎坷，颠得人骨头散架，还要经常穿过爆破路段，真是炮火连天，硝烟遍地，小石头飞落车顶的事常有发生。一年中我的那辆小车被砸得遍体鳞伤，光轮胎就换了三个。

  都说往事不堪回首，可往事有时却回味无穷。那一年，我尽管有说不尽的奔波劳累，但有一个小景，却给了我极大的宽慰。那是一棵树，一棵桂花树。它就长在培训中心院子的西南角上，树干粗壮，树枝繁茂，树冠犹如一个伞盖，遮在半空，在旁边几簇灌木的映衬下，特别醒目。或许也是缘分？第一次上山，我就对它刮目相看，我要培训中心的李主任搬了两张凳子一个茶几，叫服务员泡了一壶井冈翠绿，在树下歇脚。以后几乎每回上山，这都成了我的习惯，乃至开个小会、商量个事情，都在桂花树下搞定。白天，那密密的绿叶，便会投下一片绿荫，清风徐来，吻遍了我的全身，清醒了我的大脑。入夜，在树下品茗，披一身月色，注目起伏错落的山的轮廓，不禁心驰神往，凡尘远去，禅意顿生。

秋天到了，桂树大展宏图的时候也到了。起初那叶儿背后，是一簇簇沉睡的花蕾，长条状的，互相依偎着。其实它们没有沉睡，它们是在孕育，在可劲儿孕育啊！随着阵阵金风拂起，它们悄悄地绽开了，花蕾即刻变成了金黄色的、喇叭形的小花，欢快地、低调地展开。似乎一夜之间，满院子里便溢开了浓浓的花香。那香味儿，是那么圣洁，那么淡雅，那么沁人心脾。

桂树对我的触动特大。桂树不与人争锋，尽管身旁的杉树、榉树、柏树，甚至遍野的翠竹，都在尽情表现自己，把枝梢挺向天空，可桂树只是埋头俯首，尽力向周边伸展着枝丫；桂树的奉献是无私的，它用了三个季节的努力，积攒起馥郁的芳香，然后毫无保留地洒向人间。那香气真像勇士的血气，令人醒脑，教人清正，催人奋进。

看到桂树，闻到桂香，我恍然想起了我的那些员工，那些在一线奋战的不起眼的人们。我们往往把在一线工作的人形容为"挡子弹"的人，很多落地的事情、棘手的事情，都要他们去应对，他们最需要有担当、有主动性、有任劳任怨精神。缺乏这样的基层工作者，任何单位都会一事无成。恰如这桂树，平时你不会感觉它的存在，只有到了收获的季节，你才发现它的宝贵。

当大楼装修完毕、以崭新的面貌屹立在群山之巅时，我和李主任设计了一个方案：在院子角上，在那棵老桂树旁边，开辟一座桂园，请省委组织部每个部领导在园内种植一棵桂树，寓意"十年树木百年树人"，激励我们像桂树一样无私无畏，洁身自好，化心血为芳香，奉献社会，奉献人民。此议立即得到了所有部领导的响应，2005年1月6日，我率先种下了第一棵，之后，部长董君舒以及其他同志，凡上山的都种一棵。如今，部领导班子已换了几届，到园内种桂树的习惯一直没有中断，一棵棵树干上，标注着一个个熟悉的姓名，正助力着繁茂的枝叶茁壮成长。小小桂园，如今成了井冈山又一个别具一格的景观。

徜徉在桂园里，我实实地情有独钟，久久不愿离去。

（2016年8月25日）

叹黄龙寺古井
——步散原先贤《造黄龙寺观古木》韵

寺址已遭草树围,
唯存古井照云飞。
虬根卧底晃神木,
石柱擎天披宝晖。
忆昔曾蒸百侣饭,
念兹应洗万僧衣。
可怜孤守灵源后,
不见如来自哭欷。

（2021 年 7 月 10 日）

谒曹山宝积寺

五朵莲花次第开，
一瓢供养化缘来。
洞山顿悟曹山醒，
本寂塔前有烛台。

（2018 年 3 月 23 日）

暑期庐山打油

南昌酷暑难耐，慌忙躲上匡庐。
租房住进窑洼，却又另有感触。
原来名山之上，也有简陋之处。
房屋甚是破旧，怎如东西两谷？
忆起东坡诗句，又是一番感悟。
慨叹一山虽小，难辨真实面目。
我却另有收获，得来不费工夫。
虽显破落杂乱，却也引人忆旧。
土话常闻楼道，油烟飘进窗户。
还有一个工地，噪声加上尘土。
出门扶杖爬坡，累得汗流如注。
正好代替健身，免得找人打球。
不需去看景点，闹中取静读书。
坡上种有瓜菜，还可买些果腹。

恰逢至交建二，也在庐山避暑。

常邀我去坐坐，谈天说地饮酒。

耳听鸟叫蝉鸣，眼观林动泉流。

山上今年也热，毕竟体感舒服。

想到山下高温，心中全是满足。

（2017年9月）

新余访友喜读山谷《薄薄酒》感怀

新余会挚友,

胜却桂宫游。

流连仙女秀,

堪叹奸臣牛。

喜读乡贤句,

犹闻薄酒稠。

荣华非我愿,

一壶可忘忧。

（2017年10月12日）

薄酒缅先贤

到新余游览，修水乡友 G 为我做了精心安排，令我感慨良多。仙女湖还是那么碧波荡漾，温情脉脉，虽无仙女，但有仙水，还有"仙鱼"，那是虽不起眼但营养丰富的棍子鱼，用油煎了，再用文火烹煮，辅以葱姜蒜酱，略加辣味，几会吞舌。介桥村已修复一新，严氏祠堂富丽堂皇，许多牌匾不知从何而来，有褒有贬，莫衷一是。唯有那堵残墙，困在玻璃罩内，似有什么话要对游客述说。最令我开颜的是去了市里的图书馆。"知我者谓我心忧，不知我者谓我何求。"他就知道我之喜好是翻书，在图书馆或许就有意想不到的收获。果然不出所料，竟在这里见到了一部线装的黄庭坚文稿，计11册，属于未印行的古籍。我们皆大喜过望，有一种"他乡遇故知""犹拍古人肩"的浓浓情感。欣然捧读，爱不释手，翻到《薄薄酒》一章，禁不住细读起来，开头就是"薄酒可以忘忧，丑妇可与白头，徐行不必驷马，称身不必狐裘"。我们不禁掩卷拍案，大感诧异，颇有言中心声之叹。这四句，哪里是诗？分明就是四句箴言，是对世人的谆谆嘱咐。接着往下读，更是句句发人深省："无祸不必受福，甘餐不必食肉。富贵于我如浮云，小者谴诃大戮辱。一身畏首复畏尾，门多宾客饱僮仆。匹夫怀璧死,百鬼瞰高明。丑妇千秋万岁同室,万金良药不如无疾。薄酒一谈一笑胜茶,万里封侯不如还家。"想山谷老人之参透凡尘,何其彻底。读其诗文,观其一生,怎不叫人唏嘘叹息。纵观千百年来,滚滚红尘,芸芸众生,不论成败誉毁、悲喜乐哀,哪一个逃得了这首诗的意境?伟哉先贤!我们读古人,真正需要领悟的,还是他们的思想、情怀,和对世间事物的真知灼见。

那天晚上,我们喝着酒,心中有着别样的滋味儿。

(2017年10月12日)

厚塘夜宿

寻文夜宿厚塘村,

水静山宁落叶横。

沐月倚轩观鸟趣,

披风向火听徽声。

问禅可启菩提智,

思古能开谦逊蒙。

晨起茶童呼雅客,

朝霞尽染满天晴。

（2017年11月5日）

重游黄山有感

廿年之后又攀登,
步履蹒跚不似前。
大美四峰景不旧,
小挑一担汗新添。
斧戳刀刻无佳语,
天降地行有异言。
堪叹苍松枝叶老,
百年之后续何篇?

（2017年11月6日）

山思

时隔 20 年再游黄山,感慨自是良多。首先是自己老了,当年是爬上爬下,记得还登上了天柱峰。现在坐缆车上下,仅在山上走一圈,也都气喘吁吁,想要欣赏峰顶景致,只能拄着拐棍,仰头叹息其遥不可及。可见人生在世,怎一个"空"字了得?老之即至,莫说拥有的转瞬即逝,就是摆在那里的,也不是想见就能见到的。所谓万事皆空,就是劝告人们莫要把名利看得太重,待到眼一闭不睁了,什么都是浮云。

环视黄山,发现有旧有新。山貌山景依旧,就连挑夫也还是那么辛苦,汗珠子摔八瓣,为游人解饥渴。新的呢?却是多了一些摩崖石刻,一路看来,真正的名家高人手迹几乎没有,多是些倚权靠势、附庸风雅者流所为,无论内容还是艺术均属涂鸦,颇遭游人非议;还有两个故事,说是有两位高官上山,一个不愿坐缆车,竟然乘直升飞机空降而来;一个虽是地行,却动用了许多人力财力,兴师动众,劳民伤财,招致民怨不断,至今还在流传。我就想"五蕴皆空"的道理并不深奥,为什么有的人却怎么也悟不透呢?不该做的事,做了就抹不掉了,往往人已作古,话还在传,留下的无非是人格的缺陷。至于那些石刻,值钱的终会为人珍惜,流传千古;不值钱的总会被人销毁。只可惜了那些遭破坏的好石壁,成了名山身上的道道伤痕,不知要多久才能消失。

(2017 年 11 月 20 日)

客居海南感怀

海上椰林生惠风，
金瓯昔日耀南溟。
冼家一女琼崖定，
宋氏三英华夏名。
儋耳有缘迎铁冠，
琼山无愧育刚峰。
先贤气概今何在？
鹿不回头凤不鸣。

（2018年3月9日）

略说海南

进入 21 世纪后，中国内陆有许多老年人，纷纷到海南岛购房养老，手头宽裕一点后，我也落入了这一"俗套"。

有人问我海南好在哪里？我一连说了"五个好"：一是气温好，有利于过冬避寒；二是空气好，岛上没有工业，很少污染；三是海鲜好，内陆无可比性；四是水果好，多吃有利健康；五是水质好，因有一道海峡阻隔，来自内陆的地上地下水污染基本没有侵入岛上。有没有发现？这五个好全是自然环境方面的，人文方面的一个也没有提及。在海南岛的宣传广告中，有句话是这么自夸的："海南是一个被上帝宠坏了的地方。"从某个角度看，此话不假。大凡"宠坏了"的孩子，总有两面性，表面看很可爱，揭开内里却讨人嫌。海南表面上有秀丽的自然风光，有独特的热带气候，有宜人的生态环境，可在深厚的中华文化土地上，海南不说是"文化沙漠"，也确实荒凉得可以。到海南旅游，抑或居住，基本上都是享受大自然的恩赐，而历史文化却乏善可陈。客观上海南的历史文化也真的不多，以名人为例，大名鼎鼎的冼英冼夫人，严格说来并不是海南人，虽然她对朝廷忠心耿耿，坚持维护国家统一，促进民族团结，先后被 7 朝君王敕封，受命管辖岭南地区包括海南岛，维护了东南沿海的三朝稳定，并且最终死于三亚。但她没有在海南为官，不是海南的直接统治者，在海南岛并没有留下明显的历史遗迹，海南岛也没有形成对她的宣传氛围。苏轼晚年被贬海南儋州后，发现那里没有教育，没有学堂，百姓没有文化，便以极大的热情，做通官府的工作，依靠当地百姓的援助，开馆收徒，办学育人，为岛上培养出了第一个进士、第一个举人，极大地促进了海南的文化教育事业。可东坡先生在海南的时间毕竟很短，又值晚年体弱多病，想发展文化教育独木难支，当他离开之后，他苦心经营的教育事业也就随之萎缩了。真正属于海南自己的杰出人才，当数海瑞和宋氏姐妹。明朝的海瑞因一出《海瑞罢官》而闻名天下。他在历任职位上，坚持打击豪强，改革税费，疏浚河道，修筑水利工程，力主严惩贪官污吏，禁止徇私受贿，并推行一条鞭法，强令贪官污吏退田还民，遂有"海青天"之誉。宋氏三姐妹，对20世纪的中国拥有不可思议的影响力，在一定程度上影响了中国历史进程，因而成为世界关注的焦点。就是这几个岛上顶尖的历史文化名人，至今也只有小规模的遗址旧居供人瞻仰，都没有形成应有的历史名人渲染气候。至于革命历史上的红色娘子军，一张响当当的红色文化品牌，按我的想法，其影响应该遍布海南各地，形成浓厚氛围，不至于像现在这样悄无声息，仅存一隅。

如今的海南岛，确是今非昔比了，国家规划建设，名称多是"国际"打头，不仅国内独领风骚，世界也为之瞩目。行走在岛上，看到那些"国际旅游岛""国际自由贸易港"之类的宏大标牌，我总是想到，海南岛的内涵怎么才能与之匹配？天地给的优势条件固然可贵，可人是具有社会性的，缺少了美好的人文环境，还能够对外人有强大的吸引力吗？还够得上那么多的"国际"名称吗？

讲一个小故事。我居住的地方就在海口市，属于扩建的新区，地名叫"书场"。我听了颇为欣慰，心想既然起了这么个名字，肯定是个有文化的地方，居住在这里，起码买书看书总会容易的。随着城市的快速发展，这里很快就由近郊变为市区，高楼大厦起来了，街道形成了，金融商业网铺开了，灯红了酒绿了，可我走遍大街小巷，就是没有看到一家书店，也没有看到图书馆，就连一个书摊也没有。有的是"三多"：敬奉关公和土地公公的庙堂多；打麻将的多；喝茶的多。特别是麻将早已成风，无论街头巷尾，还是民房居室，搓麻声总是不得停歇，仅有的一个文化活动场所也成了麻将馆，经常十多桌麻将摆开，打得天昏地暗。每逢年节，甚至关帝殿也被麻将占领，菩萨脚下，摆满了麻将桌，一片哗哗搓麻声。在这里，麻将已经形成了一种文化，成了人们业余生活的唯一消遣。而真正的文化却已退避三舍，难觅踪影了。

美丽的海南岛，不仅要有椰风海韵、阳光沙滩，还要有美好的传说、动人的故事；不仅要有超大的免税城、高档的游乐场，还要有足够多的书城书店、上档次的演艺场所；不仅要让万绿园、三亚湾吸引人，更要让海瑞旧居、东坡旧居、宋氏旧居，还有五指山、万泉河乃至琼州、崖州、儋州府，都能火起来、热起来。让这个祖国的宝岛光彩夺目，惊艳世人，让这个国际旅游岛、国际自由贸易港名副其实，独占鳌头。

（2018年3月9日）

过铜鼓县夜宿汤里假日酒店

铜鼓有汤里,

温泉润玉肌。

蒸开万朵雾,

洗净一身疲。

举目花依草,

开轩燕啄泥。

偷来半日静,

至此是仙栖。

(2018年4月26日)

汤里偷闲

汤里之所以出名，还是因为有好温泉。然而好温泉很多地方都有，如何开发才是关键。

汤里这块风水宝地，几经周折，辗转到了湘人周其亮手上。他的规划可不寻常，假日酒店只是第一步，往下还有文化旅游全链条的项目，将会成为一个超大型综合型的新农村建设样板。走进汤里，最引人注目的是文化氛围浓厚，不仅文化艺术场所多，格调高雅，而且诗联书画应景而见，均出自高手，技艺一流，与景观相得益彰，颇具欣赏、教化价值。再一打听，原来幕后有高人，周其亮之胞兄竟是鼎鼎有名的周其凤。周其凤何许人也？乃中国科学院院士、北京大学原校长、国际纯粹与应用化学联合会主席。有他这个高参，汤里的布局就难怪有高起点高规格高档次了。如此看来，汤里的前景不可估量。当然，还要看其他多方要素是否具备，一个项目的成功，非得具备综合性条件不可。

虽是为兄弟助力，可在高科技领域奔忙的情况下，还能分出精力，打造一个文旅品牌，还是令人感动的。我想起了院士的一个理念，其大意是：化学可以与人文融合，共同促进社会发展。

诚哉斯言！

（2018年4月26日）

临沂行

清风携我愿,一路到琅琊。
怀楚歌如故,思周雨若麻。
台庄观弹洞,微水听琵琶。
不进智星第,却寻书圣家。
孟良崮出岫,红嫂村披霞。
老友论文武,新朋话谷麻。
情深千盏酒,义重一杯茶。
挥手回眸处,遍地蒙山花。

(2018年5月19日)

琅琊之思

到临沂本是去探亲旅游的，表弟的接风宴上，请了市政协原主席孟宪海主持，席间谈及过往，得知孟主席曾担任过市委组织部部长，其时我恰好在江西省委组织部工作，算来是真正的同僚。孟主席兴致顿添，听说我此行主要是想参观考察几个红色景区，他更是眉飞色舞，赶忙说他一定要亲自陪同。我自是深受感动，有他同行，所看所讲所思的，自然要比讲解员强百倍了。第二天我们便直奔蒙阴、沂南两县，到孟良崮、红嫂村参观学习。那次虽然程序正规，不很自由，看现场、听讲解都很认真仔细，搞得有些疲惫，但收获很大，受到了一次扎扎实实的革命传统洗礼。

我总是想，二十八年的国共斗争，为什么在双方力量那么悬殊的情况下，国民党就是打不过共产党，我们总是以少胜多，以弱胜强，并最终夺得天下？在临沂的参观学习中，一个词语又一次次地跃出脑际：匪夷所思。

无论是孟良崮全歼张灵甫师，还是整个淮海战役，从军事层面看，双方博弈都属正常，出奇兵、下险棋、围点打援、设伏截击，等等等等，双方都不缺少谋略之才，怪就怪在一些匪夷所思的现象上。当张灵甫在孟良崮被围急待增援时,有10个整编师的友军就在周边,近的仅十几公里距离,而且老蒋多次严令他们驰援,可他们就是裹足不前,坐失良机,导致老蒋的王牌部队整编74师全军覆没,少将师长张灵甫毙命。还有一个匪夷所思的现象,就是那里的百姓,国军到时坚壁清野,一个人、一粒粮食也找不到,解放军一到,人来了,粮食也来了,做饭烧水,推车支前,浩浩荡荡,不计其数,所以陈毅老总感慨说,淮海战役的胜利是人民群众用小车推出来的!我问当时的红嫂是谁?孟主席说红嫂不是一个人,而是许多山东大嫂啊!

这些"匪夷所思",反复证明了一个真理:团结才有力量。无论是军队内部的团结、上下的团结,还是军民之间的团结。既然都知道团结重要,为什么一边坚如磐石,另一边却一盘散沙呢?一支军队打仗,竟然分裂到见死不救的地步,在人民群众中成了过街老鼠,可想而知,不败就怪了!这不是匪夷所思吗?翻开国民党的历史,其由兴转衰、由强转弱的轨迹,就有许多见鬼的走向,令人百思不得其解。几百万装备精良的军队,竟被我们"赶猪"一样地打败了,这在世界战争史上恐怕都是一个奇迹。

琅琊之行,又一次给我留下了深刻的思考。

(2018年5月20日)

龙南采风有感

客家意厚数龙南，
一曲山歌去不还。
苦痛千年围屋锁，
风流万种横排湾。
虔心既已许禅境，
小镇何须誉宇寰。
竹影撩吾香入梦，
九连峰上有幽兰。

（2018年5月26日）

戊戌夏再瞻修水陈家大屋感怀

青山绿水几重境，

再谒先贤故里行。

珠镇田畴斯地稳，

龙腾宇昊此天明。

生成七代地仙气，

养就五雄儒子情。

腾远有灵堪笑慰，

堂前凤竹已成荫。

（2018年4月6日）

陈家大屋说家风

戊戌年即 2018 年，其时陈家大屋原貌尚在，屋前是大片稻田，铺展在"九龙戏珠"的群山脚下，一条小溪潺潺流出山外，把山里的才俊带向世界，带向未来。竹塅山中除了三五幢民居，便是青山绿水鸟语花香，实实的一块风水宝地。可惜后来过度开发，走了一条与全国各地一样的路子——无限扩张。搞出许多建筑，把景区拉开几十公里，用一些凭印象的、子虚乌有的瑕疵，淹没了真实的美玉。

《辞海》载陈氏四人，为唯一的一家四人词条。20 世纪 90 年代修水县城建广场，想以"四杰"命名，又忌讳谐音，便将陈封怀加上，成了五杰广场。陈封怀是我国著名的植物学家，人称"中国植物园之父"，与胡先骕一起创建了庐山植物园，当然也够得上。若是论起来，陈家值得大书特书的还大有人在，义宁陈家何止三代五杰？起码是七代十多杰。

陈氏一家之所以能出如此众多的杰出人才，主要原因是培植了良好的家风。陈宝箴之前，几代先祖就以自己的言行奠定了深刻扎实的基础。义宁陈氏的始祖陈腾远，字鲲池。"鲲池"出自《庄子》，"腾远"出自《汉书》，大有"扶摇直上九万里"之气概，岂可小觑？尔后是第二代陈克绳。在家境稍有好转之时，便建祖业，修考棚，立义渡，起浮桥，倾心公益事业，打造耕读之家。至第三代陈伟琳，已是学富五车的杰出人才了，只是他志不在己，而是寄望于后代，送子外出求学，使陈宝箴考上举人，成为陈家第一个入仕者。陈腾远最早教诫后代要"重信义，轻财贿"，他说："凤有仁德之征，竹有君子之节"，要"立仁德之志，操君子之节"，故把祖堂起名为"凤竹堂"。陈克绳"用孝义化服乡里"，普获好评，推为祠长。陈伟琳直到临终，还以箴言训教后代："成德起自困窘，败身多因得志。"其后的"五杰"都有家训家教传世，如：陈宝箴"不为一己谋私利，但为万世开太平"；陈三立"处世先立身，做事先做人"；陈衡恪"文人作画，第一人品，第二学问，第三才情，第四思想，具此四者，乃能完善"；陈寅恪"自由之思想，独立之精神"；陈封怀"植物研究没有国界，但我有国籍，我的根在中国"。

有如此家风，怎不涌现众多杰出人才？

（2023年2月）

吟都匀

黔中不独夜郎大，
更有牂牁超四邻。
宝剑河中水潋滟，
斗篷山上气氤氲。
千军过境思新政，
一字更名感老臣。
指点江山何所盼？
人民渴望是都匀。

（2018年8月10日）

都匀记

喜欢上都匀，最初是从这个地名开始的。大凡一个地方的名字，必有其特定的含义，无缘无故随便取一个的极为少见。那么"都匀"的含义又是什么呢？当地土著布依族的意思是"彩云之城"，而从汉语字面上看，都匀可解释为"均匀之都"或"美好的均匀"，我思忖良久，略有所悟，推论之，应是对"平均""公平"的愿望或曰向往。

据说都匀原本不叫都匀，而是叫"都云"，因当地有一"都云洞"而得名。后来到了明朝时，苗民起义风起云涌，不可遏止，皇帝便派官兵镇压。平定之后，平夷将军何福奏请改名，说"云"乃飘浮不定，不可捉摸，改"匀"为好，于是皇帝准奏，便有了现今的都匀。

我反复琢磨着"都匀"二字，想体会出"都很均匀"的况味来。

要说"都匀"，首先当数气候。我是七月份从南昌过来的，主要是年岁大了，吃不住那"火炉"的灼烤，子女们便为我找了个避暑之地。一下飞机，我便恍若进入了仙境，仅仅不到两个小时的距离，温度竟有天壤之别，一种清凉爽快的舒适感顿时洒遍全身。一查资料，我才发现，都匀的气温四季均衡，盛夏最热的七月份，平均气温为24.5度，寒冬最冷的一月份也就是5.6度，岂不是很"匀"？

日月有四季，地球有南北，这是自然规律，看似不可更改，可人类又总是充满梦想，总是向往着美好幸福，因而期盼改造环境，创造未来。比如这寒热不均的气候，就往往使人唏嘘不已。我的故乡江西最典型，热起来空气能点火，寒冬腊月又湿又冷，且不像北方，没有供暖，搞得人无处躲藏。尽管现在有空调，但那东西的作用有限得很，你不可能整天窝在家里不出门吧？更何况长时间关门闭户空气也污染了，于身体有害无益。世界上这样因气候不均活得难受的地方一定不少，所以就连伟大领袖毛主席也为此打抱不平，在咏叹"莽昆仑"时有诗云："安得倚天抽宝剑／把汝裁为三截／一截遗欧／一截赠美／一截还东国／太平世界／环球同此凉热。"尽管他老人家这种宏大叙事不可能实现，但他那胸怀天下、愿全球"同此凉热"的向往，岂不令人感动万分？

我下榻的地方叫毛尖酒店，取材于"都匀毛尖"，一种绿茶。这种茶很有特色，生长在高海拔山区，自然环境相当好。以前名叫"鱼钩"，1956年，当地挑选一些送上北京，向毛主席报喜，毛主席回信说："此茶很好，今后青山多种茶。我看此茶命名为毛尖茶。"从此"都匀毛尖"就出名了，后来还进入了全国十大名茶之列。前些年都匀在靠近市区的一个废弃军工厂的基础上，建成了这个酒店,酒店客房由军工厂宿舍改造而成。我居住的房间坐落在一个高岗上,面对大片奔涌的群山,和山洼里若隐若现的一个个山寨。坐在屋子里,我心中的感觉真的是美滋滋的。抬眼望去,满眼都是葱茏绿色,清晨还常见匹练似的雾霭从山谷里缓缓飘出,缠绕着山的腰身,或像片片纱巾遮盖着山姑娘的头顶,俄而又滑下来,变成颈脖上随手搭上的纯白围巾。那变幻莫测的流云,看得我回肠荡气、心旷神怡。耳边总有阵阵蝉鸣从窗外传来,可着劲儿地唱着"差媳妇,差媳妇……祭夜壶,祭夜壶……",听起来与我家乡的虫儿叫声如出一辙。我家乡有个民间传说,说从前有个婆婆,被强悍媳妇逼迫而死,死后变作一只知了,在房前屋后永不停息地咒骂着媳妇,盼着儿子回来替她报仇。想必她的儿子一直没有回家,这知了便也就一直叫了下来。我听着这叫声,有时想,世间令人费解的事情实在太多,比如人类的语音多种多样,而虫鸟野兽们好像差异不大,不论走到哪里,无论狮吼虎啸,豺嘶狼嚎,抑或雀噪莺歌,蝉唱蛙鸣,到哪里都是一个腔调,教人听得明白。不像人类,过了一个地方,偏就要造出一种方言来,倘若过了一国,竟连文字语言也一并独创了,好像成心要外人听不懂,搞出许多麻烦和不平来。想想人类的复杂诡异,真的羡慕其他动物的简约单纯。

时日久了,对都匀的感情竟与日俱增,不仅是宜人的气候无与伦比,就是生态环境也是令人叹为观止的。贵州的山多,号称"地无三尺平",关键是这里的山上植被好,由于地处偏僻,道路阻塞，经济建设落后于很多地方，反过来说，生态环境也就得到了较好的保护。这确是个悖论，以前有人喻为"鱼和熊掌不可兼得"，结果导致生态破坏环境污染万劫不复；后来醒悟了，才有了"既要金山银山，更要绿水青山"，可吃一堑长一智，孰料这"堑"吃得忒甚了，付出的代价不知多少代子孙才还得清！更有甚者，还有多少掌权者至今仍执迷不悟，还在为一己之利摧残生态贻害人民。一个环保督察，就总是边查边犯，屡禁不止，真真可恶至极！而都匀现在走的是一条符合规律的发展路子，城市扩展不搞劈山建楼，而是绕山建城；经济建设讲究质量，重在高科技，非环保的坚决不搞。特别是致力于发展生态文化旅游，在周边打造了多个特色小镇，有足球小镇、毛尖茶文化小镇、巨升影视小镇、梦都影视城等等。目前这些小镇均已打造完毕，结合富有少数民族特色的自然文化景观，旅游业已经逐步升温，尤为暑期旺季，游客接踵而至，一派兴旺气象。我想都匀乃至贵州的发展，千万不要急功近利，应尽量控制工业，禁止高污染产业入黔，努力开发自然文化旅游资源，以优良的生态环境赢得稳健的发展。站在国家的高度看，哪怕中央多搞些转移支付，多扶持这里的绿色环保产业，保住这一方生态不被破坏，岂不也是全国人民之福？

站在都云洞前，我总是想起何福，想起何将军的那个奏折里面，肯定还隐含着深层次的用意。因为苗族自古以来，就是个不屈不挠的民族，早在大禹时代，不就有"平定三苗"之说么？

毛主席说过,哪里有压迫,哪里就有反抗。苗族乃至其他少数民族,也和汉族一样,在不堪重负的情况下,总是会奋起反抗的。而对于一个将军来说,镇压平民与两军对阵是完全不同的,两军对阵是拼杀,是斗智斗勇,是狭路相逢勇者胜;而镇压平民则绝对是以强压弱,在全副武装、训练有素的军队面前,一群平民造反者是不堪一击的。何福面对那些血腥残忍的场面,他应该会思考一下,这些远在边陲的少数民族,究竟为何要以命相拼?他们所奋力抗争的究竟是什么?在何福的心里,这个答案非常简单,其实古往今来,许多有良知的官宦都清楚,导致社会不稳定的因素,并非人民群众,而是社会制度,是社会的极不公平,"不平则鸣"。总是靠军队血腥镇压,靠权力凌霸欺压,并不是好办法。纵览历史,有哪个朝代是依靠镇压稳住了政权的?最终还不都是人亡政息、"城头变幻大王旗"?于是他以一个"匀"字暗喻深意,他要告诉皇上,解决问题的关键,或曰打开社会进步之锁的钥匙,还是要"等贵贱,均贫富",实现"天下为公"。不过在高度集权、等级森严的封建王朝,这个"匀"字也只能是寄托一下有识之士的美好愿望罢了。

  走笔至此,忽有胸臆涌来,不禁仰首举目,远望群山。群山深处,少数民族同胞正在爬坡过坎、刀耕火种,一个个村寨里,已然升起了缕缕炊烟。

(2018年8月10日)

都匀文友饯别有感

夏日炎炎辞赣地,

此生缘分结黔疆。

美酒一杯高士笑,

豪情万丈夜郎狂。

喜获刺梨十六朵,

欣吟诗赋数千章。

三九苗黎无限事,

付将天地共协商。

（2018 年 8 月 21 日）

青衣人

　　一踏上贵州的土地，贵州友人就告诉我说，贵州3000多万人口中，有60%多祖籍是江西的。我听罢愕然。在接着的欢迎宴席上，我就留意打听了一下，果然在座的十有八九都是"出口老表"。再一细究，方知其中的历史根源。从明朝始，江西人就陆续往贵州乃至西南边疆地区迁徙，名曰"江西填湖广，湖广填川黔"。最集中的有三次，一次是明朝开国皇帝朱元璋调集大军控制滇黔，戍边卫疆，调往贵州一带的多为江西征集来的兵员。戍边的策略是以"屯堡"为主，即一边屯田一边守边。时间一长，他们就在那里生根开花结果，演变成了常住人口。第二次是明末张献忠率师进入西南边陲，部队里也是江西兵居多。后来被清军所逼，溃败之后，人们不敢返回内地，便在这里安家立业，成了"客家人"。这两次都是因战争行为导致的移民高潮，只有第三次是和平迁徙。20世纪五六十年代，江西人民积极响应中央关于"开发大西南，支援边疆建设"的号召，大批干部、工人、知识分子离乡背井，来到贵州，现在主事的已是下一代，第三代也已经茁壮成长起来了。据说在贵州好多地方，来自江西的人至今还保留着江西的地方生活特色，久而久之，竟形成了有别于汉族人的"青衣人"风格，一如那些遍布各地的"万寿宫"，无不打上江西的烙印。至今他们在填写各种表格的时候，还会在"民族"一栏里填上"青衣人"，实际上也已为当地各方所接受，虽不成其为一个民族，也算是"地方粮票"吧。

　　一声"青衣人"，唤出多少辛酸泪。走过千里迁徙路，看过千年迁徙史，呈现的竟然都是那句话："兴，百姓苦；亡，百姓苦！"

（2018年8月21日）

黔客思归

为避暑天没奈何，

栖身异地相思多。

忽然又是秋风起，

吩咐书童墨不磨。

（2018年8月21日）

游湘西观矮寨大桥

大山开小径，

矮寨架高桥。

人间造异景，

天地尽风骚。

（2018年8月24日）

从贵州过湖南返江西抒怀

七月披流火，

东行出夜郎。

山川险境见，

城镇异珍藏。

文曲歌依旧，

青衣舞照常。

万年迁徙路，

由此到黔疆。

（2018年8月25日）

钦羡黔疆

少数民族多节日，确实名不虚传。

来到贵州民族地区，发现他们一年到头几乎天天过节，很多在我们看来极平常的事儿，比如季节转换、农事始终、耕作起停等等，都有隆重节日，举族欢庆，连绵数日乃至数十日，狂饮不止。据说到这里做工程的企业，有一事很是无奈，只要遇到民族节日或是族人请客，决然找不到民工，任是翻几倍加薪，概无响应。我想这与他们的心态有关，大凡少数民族，都有一个共同特点，就是容易满足。他们对生活的要求极为简单，终年辛劳，只要有一口粗粮一瓢土酒，再无他求。他们居住在大山深处，道路阻隔，信息不通，却能自创其娱，自得其乐，乃至妆银饰彩，能歌善舞，无忧无虑，恍若天仙。试问没有良好的心态，能达此境界么？

有时想想自己，几十年打拼，一路走来，烦恼纠结从不曾少过，官从不嫌当得太大，只嫌太小；钱从不嫌赚得太多，只嫌太少。尽管生活越过越好，还是不得满足，还是想要过得更好。看来还是一个"欲"字害人,且不说那些贪婪犯科缺德不善之徒,即便守法公民、黎民百姓,欲望太多,便也永远不得满足,永远陷于忧愁,不得快乐。想想人生如此过法有何意义?与少数民族相比,真该自叹弗如了!

(2018 年 8 月 27 日)

彩云之南组诗

大理

曾因电影念云南,
五朵金花记未删。
岁月催人寻旧梦,
时光教我觅新颜。
来观洱海心旌荡,
去看苍山泪眼潸。
不羡人间多秀色,
一声叹息去休闲。

丽江

高原深处有奇城，

锦簇花团水纵横。

七彩祥云铺道路，

五行瑞气饰门庭。

古街古乐古桥美，

民节民风民会浓。

玉女芊芊迎远客，

金山一片夕阳红。

香格里拉

盘桓数度过高山，

一马平川在眼前。

纳帕依然四季景，

噶丹还似布宫颜。

古城旧貌书中走，

花海香风醉里眠。

最是惊魂闻虎跳，

吼声喊得雾飞天。

（2016 年 9 月）

寻找金花

大理三月好风光,蝴蝶泉边好梳妆,

蝴蝶飞来采花蜜,阿妹梳头为哪桩?

这首风情无限的歌词,自打少时看过电影《五朵金花》之后,便如刀刻般地记在了我的心上。那时我总想,要是能到电影里的地方——大理去看看,该有多好啊,说不定还能找到一个金花呢。

不想这回真的来了。车出楚雄,转过下关,苍山洱海便如一个美丽的姑娘,缓缓地撩开她那薄薄的面纱,让她惊魂动魄的美貌展露在我的面前。

最先映入眼帘的就是洱海。

有一点我弄不明白,云南人的讲究可能很多,比如汽车车牌,全国各地都是以本省区市的简称冠名,唯有云南不用"滇",而用"云",是不是"滇"字与"颠倒"谐音,挂在车上不吉利?又如河流,不论大小都叫"江",平原却叫"坝子"。再如称呼水域,昆明城边偌大的湖泊叫"池"(滇池),而有的即使再小,却敢叫"海",比如洱海。当然洱海其实也不小,它由南到北呈椭圆形,沿苍山脚下展开,长40多公里,宽3—9公里不等,总面积达256平方公里。即使有这么大，称海总还是有些距离吧！然而他们还是叫海了。

我们乘车沿洱海边缓缓前行，但见水面波光粼粼，帆影点点；洱海边是一望无际的冲积平原，与洱海相接处，是极具白族风格的村庄逶迤相连，平原上，时而绿树成荫，时而稻浪翻滚，间或有花圃璀璨，与蓝色的海面、白色的村庄相映成辉。到了三塔崇圣寺，忽见苍山顶上，一片乌云遮来，云与山之间留有一线蓝天，西斜的太阳将一缕光辉洒下，让层层山峦披上瑞色，顿显出神秘莫测的味道。

由于《五朵金花》的情结所系，我最想看的还是那眼神驰数十载的蝴蝶泉。经过一段漫长的、有许多附会景点的林荫小道，终于见到了那泉那树。万幸得很，几十年这也破坏了那也仿造了，这泉却还保护得很好，七米深的泉水，还是那么清澈见底，几尾金鳞悠然嬉戏，几枝遒劲的树干伴随疏密相间的树叶，倒映在水中，更显泉的无比魅力。我想象着我心目中的金花，想象着一个以泉为镜梳头的女子，耳边便响起了阿鹏哥那深情而悠扬的歌儿："蝴蝶泉水清又清，丢个石头试水深，有心摘花怕有刺，徘徊心不定。"心想可惜已是秋天，如果是春季，众多蝴蝶飞来，围着美人起舞，该是何等有趣！刚想到这里，忽听得有人高喊："快看，蝴蝶！"我一抬头，果见两只蝴蝶翩翩飞来，它们身上，有着黑白红蓝相间的花纹，竟与白族姑娘的帽子十分相像。它们似乎明白了我的心思，围着蝴蝶泉，双双舞蹈，久久不曾离去。

　　我坐在泉边，思绪随着泉水荡漾，又回到了当年，回到了阿鹏哥寻找金花的那段岁月。那真是一段令人怀念的美好时光！刚获得解放、挣脱了束缚身体和思想锁链的人们，是那么自由、舒畅，在充满公平、正义的生活环境里，大家互敬互爱、互助互勉，心情开朗，心态阳光，共同播种着理想，收获着希望。新社会就像苍山洱海，既坚韧挺拔又心胸宽广；既汹涌澎湃又平静慈祥。

　　当晚下榻双廊古村。这儿真是个幽静典雅的好地方，虽然坐落在洱海另一边、苍山对面，要多走一点路程，但颇有价值。村里一色的四合小院，雕梁画栋，花果飘香。两边以石板小路连接两道屋宇，依山傍水，连绵延伸，就像两个海边走廊，"双廊"即由此得名。现左边的走廊已辟为"南诏风情岛"，是青年男女谈情说爱的绝佳场所。只可惜我们去得不是时候，村里正在改造，那些石板小路多数被挖开，连行路都难了。加上旅游商业又在过度开发，一些空地都在建设新的院落，以作客栈。待到填满了，恐怕自然古朴的面貌也就变样了。看到这些玩意儿，我心里立即泛起一丝不快，原想在这里多住几天的打算，也只好悻悻取消了。

　　离开大理时，我心中总有些许失落，洱海虽美，却不见金花，一份莫名的抑郁难以遣怀。也许我的憧憬就是一个桃花源，"不足为外人道也"。

　　朝阳升起了，霞光照耀在洱海里，随着微风闪耀，铺满一海金子；苍山十九峰，峰明壑暗，更加巍然嵯峨，包藏无限遐想。耳边厢忽然又想起了金花的歌声：

　　明年花开蝴蝶飞，阿哥有心再来会，

　　苍山脚下找金花，金花是阿妹。

　　是啊，金花，我总会找到你的！我在心里说。

（2016年9月）

雨落丽江

很不巧，丽江遇雨。

本想足不出户，再思之，不远数千里，闻名而来，难道照面也不打一个？于是只得勉强为之，冒雨踏进了这座著名的古城。

打着雨伞，脚踩在五彩缤纷的石板路上。由于雨水的冲洗，这些石板愈发清新、秀丽，令我不忍心下脚。

真是天造地设，世间竟有如此神奇的石头。我突然想到建筑上的工艺——水磨石。而这里那些大小不一的、色彩斑斓的石头，是怎么聚合成一块巨石、聚合成一座石山的？莫非是女娲遗落在这里的补天之石？我恍然想起"七彩云南"的美称，一定是源于丽江，源于这独一无二的彩石。

雨愈发地下大了。我站在四方台边的小石桥上，看着雨打桂叶。桂花已然开了，一串串地躲在叶子后面，因为太多太挤，以至露出叶外，展现出片片金黄。雨滴打下，竟也有一些掉进了小溪里，随水漂流，把浓浓的清香带到远方。我俯瞰小溪，发现这水是如此清冽，尽管是雨天，还是不见泥沙，没有浑浊。

丽江古城的地理与众不同，这里四面环山，一个平原（俗称坝子）卧于中间，却没有一条河流，水源全来自黑龙潭的几个泉眼。那泉水源源不断喷涌而出，流出黑龙潭，流到象山脚下的大水车边，伴着水车的咿呀声，分作三股流下，尔后再分，就像是一棵大树的根系，由粗至细，伸向大街小巷，涓涓渗入各个角落。据说在以前，古城居民就在门前取水，十分方便。就是现在，这水看上去也是没有污染，应该可以饮用的。

人说丽江是"艳遇之都"，那些遍布古城的大小酒吧，就是青年男女邂逅的场所。我自是不敢造次，携妻而行，岂能有此念头？尽管如此，却也有"艳"不期而"遇"。我们一进丽江，就找了一个农家小院吃中饭。这是一个很别致的院落，有前后左右四面瓦房，中间是一个大天井，颇有北方的四合院之风。天井中间有石桌石凳，有各种热带花果盆景，花红叶绿，青翠欲滴。三张圆桌一字儿摆在北屋檐下，吃饭便置身于花团锦簇之间，真是别有风味。等候开饭的间隙，我想找个商店买两节照相机电池，发现竟有很长一段距离，偏偏天下大雨，我又没带雨伞。正在犹豫不定，忽见一位妙龄女郎跑来，兀的把雨伞伸向我，说她也要去买东西，正好同路。她叫我遮伞，说她习惯了淋雨，"你们远行，千万别打湿了。"我顿生感激，但怎忍心看着她淋雨而接过雨伞呢？于是她说那我们就一起打着吧。瞧这一个个细节，颇有"偶遇"的味道吧？说实话我当时愣是丈二和尚——摸不着头脑，只好乖乖地接过雨伞，与姑娘一起，飘摇在雨中的七彩石路上。

事后忆及，我当然是以自嘲了结。那姑娘落落大方，阳光得很，像一缕清风吹过，又像雨后的彩虹灿然一现，留下的唯有热情美丽。原来丽江古城的"艳遇"，其实并不单指爱情，而是纳西族人热情大方、乐善好施的本性使然。

　　雨一直在下，淅淅沥沥地不见尽头。雨中的丽江，被薄雾遮住了面容，可我透过雨雾，分明看到了这座古城的美丽，她的秀气、她的纯净、她的柔情，就像那座冰清玉洁的玉龙雪山，巍然高耸在我的心里。

（2016年9月）

消逝的香格里拉

到香格里拉,原本计划小住几天的,我要在人生的晚期,好好享受一下詹姆斯·希尔顿的嘱托,在他描述的"人间天堂"度过一段快乐时光。

在我的想象中,香格里拉便是仙境,令人神往。然而走进斯地,却令我大跌眼镜。无论站在山冈俯瞰,还是穿行于街巷寻觅,我实在发现不了香格里拉。眼前一块足有两千多平方公里的平原里,满满当当填满了房屋,过去的中甸古城,被挤在北山坡下,被淹没在大片新建的房屋之中,前年还被烧掉了宝贵的一角,剩下的也是岌岌可危,唯有已建的或在建的许多仿古店铺,充斥其间,看来索然无味。

我要感受《消失的地平线》中那草原、那花海、那圣湖的情境,友人只得把我带到依拉草原、纳帕海去,可那已是另一个地方,且湖水并不清澈,草原并不宽阔,环境并不优美,尤其是非常明显地挂上了旅游和商业的标签,使人有点倒胃口。只有那位湖边邂逅的拉布齐力老人,倒使我情不自禁地与希尔顿的书挂起钩来,在《消失的地平线》里,西方军人和外交官们对藏族牧民无私救助他们的感激溢于言表,也给"香格里拉"注入了更深的含义。拉布齐力已是72岁高龄,却仍神采奕奕,容光焕发。乳白色的藏帽下,有一双猎鹰般的眼睛,高突的颧骨泛着红光,微翘的下巴透出坚毅。我问他这么大年纪怎么还在忙活?他丝毫没有表露出生活的压力,而是自豪地展示他的老当益壮,他用马鞭指着山坡下的村庄,说那就是他的家,去年他花了100多万,盖起了一幢新房,还诚恳地邀我去他家做客呢!我亦为他的乐观心态和热情好客所感染,似乎身上的高原反应顿时消退,对余生充满了新的激情。

夜里,躺在酒店的床上,我久久不得入睡,脑海里总是缠绕着香格里拉,幻想着近百年前的迷人景象。如果这里只保留古城原貌,如果没有这么多的房屋,没有这么嘈杂的车马喧闹,如果当年的草原、鲜花、溪流、湖泊,都还保存完好,加上触手可及的蓝天白云,那样的人间天堂何处找寻啊!

离别的时候,友人告诉我,说所谓"香格里拉",其实是指云南西北和四川西南的大片土地,那里还有很多很好的景致。这又勾起了我的无限遐想,但愿在别的地方,还能找到真正的香格里拉!

(2016年9月)

新疆行组诗

天山天池

雪域高原多异景,
天山之上有天池。
云杉片片岸边立,
野鸭群群水上驰。
王母当年会穆驾,
笙歌此处伴词诗。
烹茶酿酒皆仙露,
一醉方休浑不知。

喀纳斯湖

喀纳斯湖有洞天，
神仙在此建花园。
荡舟可览丛林秀，
扶杖不闻鸡犬喧。
水怪常凫水有意，
佛光少见佛无言。
人生顺逆何须计？
到此思来皆释然。

禾木村

都说伊犁风景好,

谁知禾木更斑斓。

溪清树茂繁花盛,

雪白峰高曲径弯。

霞染千山山着色,

鸡鸣四国国相安。

神仙有此自留地,

自在逍遥好赋闲。

(2019年10月)

再上天池

三千年前，一位中原的男子，听说遥远的西域，有一个名声显赫的女子，受到人们的顶礼膜拜，便驾驶八匹马拉的大车，带了许多中原名贵特产，从咸阳远徙，来到新疆，要会一会这位圣洁贤惠的美女。女子自然万分欣喜，因为她在地处偏远人口稀少的西域，远离繁华热闹的中原，从来也没有外人造访过，这次竟然有一位尊贵的客人光临，是多么大的一件喜事啊！她一直在考虑，究竟安排在哪儿相见好呢？最终，她还是选取了天山深处的瑶池，这里远离尘嚣，恬淡安静；山清水秀，纯洁如玉，确是一个以情会友的好地方。于是她带领臣民，扎下大帐，准备好鼓乐歌舞，运来美酒珍馐，期待贵客的到来。

男子驾着八骏彩车，攀上山坡时，但见天山瑶池碧波荡漾，岸边林木郁郁葱葱，远处的雪山展开笑颜，苍鹰在蔚蓝的天空展翅飞翔。

两人相见，似曾相识，抒情感怀，言投意合，山峰为之动容，碧水为之歌唱，日月为之增辉，星空为之添色，整个天山流光溢彩，一派辉煌！

这便是名垂青史的"瑶池相会"的故事。男子就是周穆王姬满，女子则是西王母娘娘。

这次盛会，开创了中原与西域的交流，在中华民族文化史上留下了耀眼的光华。周穆王离别时，两人还依依难舍，互赠诗歌，相约以期。

歌曰：白云在天，山陵自出。道里悠远，山川间之。将子无死，尚能复来。

周穆王郑重举酒，即席唱和：予归东土，和洽诸夏。万民平均，吾顾见汝。比及三年，将复而野。

可惜的是，三年过去了，姬满没有来，三十年、三百年过去了，这一美好的愿望，终是没有续写，而交往、融合，却在复杂离奇的社会里出现，"一带一路"便从这里再出发，通向更加遥远的西方。

只有瑶池，还是那么娇美地藏在天山深处，一任芸芸众生观瞻。

再上天山，我对瑶池又添敬意！

（2019年10月）

魔鬼城断想

魔鬼城里思魔鬼,深叹魔鬼不好做。

传说魔鬼城有三魔:风魔、冷魔、热魔。克拉玛依的风,干刮,会把石头洗刷变形。魔鬼们的脸便一个个像刀刻般的,奇形怪状。到了寒冬,气温降到零下40度;而在酷暑,气温又高至零上50度,戈壁丹霞就这样反复磨砺,炼成了魔鬼。难怪世界强国的军队,都有"魔鬼训练"一说,把人训练成了魔鬼,自然天下无敌了!

魔鬼城里的魔鬼,我看着却并没有多少可恶的,倒觉得颇有几分可爱,那对魔鬼夫妻,给人的感觉是对爱的忠贞,和缠绵悱恻的温柔。即便是开屏的孔雀、睡醒的雄狮,也只会勾起人们对阴柔美和雄壮美的爱慕,其实魔鬼们往往憎恨的是人间的不平,鞭挞的是腐朽和邪恶,而对正义善良总是留有一面之情的。一如《卧虎藏龙》,一把宝剑,将人间的善恶忠奸剖析得淋漓尽致。把这部电影放到魔鬼城拍摄,却又别有韵味。此是外话,打住!

(2019年10月)

与神对话

　　喀纳斯号称是神的后花园，而禾木则说是神的自留地。可见伟大的神也有自私的一面。不过如今人来了，神便显露了他的宽容大度，把后花园、自留地一并送给了人类。

　　喀纳斯湖真是一位仙女，有些羞涩，有些娇媚。一旦云雾之面纱扯起，你便只能隐约窥见到她的婀娜身姿，她的脸庞则在色彩斑斓的岸景掩映下，透露出晶莹剔透无与伦比的美丽。原来雨中观湖，却又别有风味，同样不负此行。

　　置身美丽峰下，遥看巍巍雪山，我颇有与神对话的心思。禾木的阳光铺洒在白桦林中，金黄色的叶子闪着灿烂，把油彩涂满山峦，草原、河流和小木屋参差其间，是那么恰如其分地分布在雪山下面，似乎都是神来之笔。与雪山对视，我便看到了神的仙容。山峰的慈祥从容，立刻使我心境淡定。雪覆盖在岩石上，造成木刻般的剪影，每一刀都是刚毅坚韧，都留下了岁月的沧桑。旧的风霜已然飘落，新的雨雪又将来临，山峰还是那样挺立，那样安静，那样坦然，笑对天地。她脚下的四国风物，便也和谐相处，充满诗意了。

（作于2019年10月）

登苍龙寨有感

秋登古战寨,

蹒步踏斜阳。

葱茏忽唤我,

岭背是吾乡。

（2018年10月12日）

雾中登三清山有感

大雾没群峰,

犹浮缥缈中。

女神居远岳,

巨蟒出高空。

不见尘嚣漫,

但闻仙气浓。

登临绝顶处,

满面是清风。

（2018年10月22日）

如梦令·招聘路上

武汉、北京、上海,
烟花一路如黛。
无意观风景,
只为求才心态。
心态,心态,
堪比萧何年迈?

（2019 年 3 月 20 日）

题庐山碧云寺

南无一句声声慢，

揭谛千言字字真。

竹绿茶香钟鼓静，

碧云甘雨卷幡风。

（2019年8月4日）

从海南归来见小园春色

寒雨送吾南海边，

惠风归燕梅山前。

小园兀自换颜色，

笑溢枝头满腹言。

（2020年4月10日）

庚子回乡组诗

庚子春幕阜山中感言

战疫何方去？
投身大自然。
人稀地域广，
景美菜肴鲜。
心静看花放，
意闲听鸟言。
山行闻道处，
尽在水云间。

（2020年4月18日）

春日山村即景

谷雨田畴雨谷生，
一帧水墨挂檐前。
小苗昨夜拔新节，
老鸭今晨洗旧颜。
雾绕山腰飘素练，
风吹屋顶起青烟。
塘边倒映村姑脸，
疑是天宫走美娟。

（2020年4月20日）

山乡走亲抒怀

踏露披风兴致佳，
山行十里至农家。
柴扉两扇卧慵犬，
田水三畦鸣跳蛙。
篱下期开陶令菊，
杯中可祭孟公牙。
浓情蜜意春光暖，
举目巴茅皆是花。

（2020年4月21日）

幕阜春色

江南四月春光好,

草色青青山色华。

一盏星辰浸旧酒,

几枝杨柳吐新芽。

风薰橡瓦招飞燕,

水漫犁沟引跳蛙。

举目晴空云数朵,

点开画里满天花。

（2020年4月30日）

闰五月感怀

常闻五月夏当临,

山地依然气不温。

少妇东坡揉翠腴,

老牛西岭卧青云。

田畴尚待谷抛种,

屋角正催苗出缨。

只道天时生异象,

原来闰月要留春。

（2020年5月9日）

山中鸟语

夏日山中如戏院，

蛙鸣声里鸟声喧。

子规布谷歌盈耳，

宾雀叽喳音满弦。

割麦栽禾滴水快，

呢喃飞燕筑巢圆。

老翁窗下饮茶醉，

不觉悠然渐入眠。

（2020年7月11日）

晚春山景

过了谷雨,黄龙山才从酣睡中慢慢醒来。随着子规一声"布谷",便催开了满山的鸟语、遍野的禽言。斑鸠"咕咕",宾雀"喳喳",风雨鸟开始预报"滴水快",耕田鸟催促"摆酒菜"。还有绿嘴鸟,总是远远地呼喊着"割麦插秧",这家伙身子不大,嗓子却出奇的好,不管白天黑夜,都在不紧不慢地喊着,听来充满了善意,叫人心领神会,又忍俊不禁。雨水也善解人意,总是在夜里下一场透的,把山塅洗得干干净净。第二天清早,就见漫山滴翠,遍野挂珠,树上有嫩芽探出,枝头有花苞绽开,万绿丛里,有红、白、黄、紫点缀其间,使山野顿时生动起来。

这时候,山村的女人们出来了。她们三五成群,有老有少,她们的男人或已冒着疫情危险外出打工,或开着滚机下水作田,她们便顶了日头,挎了篮子,赶山去了。山上这时需要抢收的是茶叶和小竹笋。山上的茶苑从前是生产队里栽的,现在地荒了,草长了,茶苑也成了野生的了,谁手快就是谁的。她们不会过早采摘,她们认为所谓的"明前茶"太嫩,味道也太淡,采摘下来太不合算,而谷雨前后的茶正好,又不老,茶味又够,产量又高。摘小竹笋也正当时,山里人知道最好吃的不是大竹笋,而是只有手指头大小的小竹笋，那东西又脆又嫩，用腊肉酸菜炒了，加进葱姜蒜末，再来一点辣味，鲜美无比。况且"清明一尺谷雨一丈"，这时候大竹笋已长成了竹子。只有小竹笋，一场夜雨后，便能长出地面五六寸高，竹林中无处不有。摘小竹笋不用工具，一扳就断，她们进山一次，就能扳到四五十斤，拿到镇上去卖，相当抢手。

（2020 年 5 月 11 日）

参加第八届"名家看安溪"中国著名作家走进安溪大型采风活动随感

金秋入八闽,
乘兴茶都行。
扑面满仙气,
抬头遍翠英。
"那年"惊感德,
今日叹西平。
踏遍千山埂,
难消一叶情。

（2020年10月27日）

铁观音赋

安溪茶又叫安溪铁观音，为乌龙茶系列之顶级品种。我喜喝安溪茶，当然主要是喜爱茶的品质，特别是冲泡之时闻其香味，无论是清香、浓香还是陈香，都有一种如入仙境的感觉，那奇特的香气弥漫于室中，吸之抚人肺腑，沁人心脾；喝之则鲜爽、优雅，如饮甘露，如沐清泉。喝其他品类的茶当然各有特色，比如绿茶的清酽，白茶的甘甜，红茶的温雅，黑茶的厚重，都会教人爱不释手。年分四季，日论四时，择善品饮，相得益彰。但要从观、闻、品、享全程论之，我还是以为铁观音最佳。还有一美，就是这茶的名字取得好：铁观音！既充满温馨又令人肃然起敬。在人们心中，观音是什么形象？那是大慈大悲、救苦救难、千手千眼、有求必应的大德菩萨啊！在观音面前，善良的人们就像有了护卫，佛光普照，心安神宁；丑恶的灵魂则暴露在光天化日之下，胆战心惊，无处逃遁。把茶叶冠之以"观音"这个神圣的名字，我想绝不单是因为茶的形状酷似观音坐像吧？

感德的风景真的谈不上美，几乎全是山，而且是高山，峰连峰岭连岭的。可有了茶树，风景就出来了。一块块茶园，点缀在茂密的森林间，穿红戴绿的采茶女，一会儿像星星闪耀，一会儿像云彩流动，把这天地精华、山川灵韵带出峰峦，带入山庄。

　　从此时起，茶叶便开始了神秘而肃穆的旅行，经晒青、摇青、凉青、炒青、摔青、包揉、烘干等工序，千锤百炼，方才成为形似观音、色若重铁、香蕴菊兰的熟茶。穿行山寨，我强烈地感到有一种情怀充溢其间，那是一种报恩报本、崇尚厚德的情怀。无论是茶园的采茶姑娘，还是作坊的制茶师傅，他们在辛勤劳作时，都是那么虔诚，那么温和，他们手中采制的似乎不是简单的茶叶，而是一群与他们有着血缘亲情的可爱的精灵，都不掉以轻心，都在精心呵护。他们是在与茶对话，同茶共舞，一同谱写着别具韵味的天地华章。

（2020年12月）

拜谒福建安溪谢王公祠感赋

弋阳一叶落安溪,

风雨浸心泪湿衣。

贤士那堪事霸主?

忠臣乐意奉苗黎。

青山有幸生嘉木,

碧水无痕煮月辉。

且看如今茶国里,

公祠内外遍旌旗。

(2020年10月29日)

感德茶神

"茶王公祠"坐落在感德镇槐植村,为两进式建筑,占地1200平方米。祠型古朴,气势恢宏,雕龙画凤,富丽堂皇。祠内供奉的茶王公、茶王母,乃南宋名臣谢枋得夫妇。谢枋得头戴官帽,手执宝剑,金袍红披,黑脸长髯。乍看上去,那张黑脸与包拯无异,只是额头上不见包公的月牙儿。据说当年谢枋得是在元兵的追赶之下,一路逃奔数百里,来到感德的。跑到大岭山时,为避人耳目,他躲进一座破窑,在窑中居住了好多天,被村民发现时,脸上身上全被窑灰涂黑,恍如包公,因此后来塑像,便将其塑成了黑脸。

谢枋得字君直,号叠山,本为南宋朝廷重臣,官至六部侍郎,是与文天祥并驾齐驱的抗金英雄,文曰"忠烈",谢曰"文节";其文坛地位亦不在文天祥之下。南宋灭亡之际,他以一柱强撑江东一隅,多次率部与元兵血战,终因寡不敌众而失败,只身逃至福建山区,隐姓埋名。其间元朝五次派人诱降,均被他严词拒绝,并写下《却聘书》云:"人莫不有一死,或重于泰山,或轻于鸿毛,若逼我降元,我必慷慨赴死,决不矢志。"后来福建行省参政魏天佑亲自出马,强迫谢枋得北上大都,拘禁于悯忠寺（今法源寺），他竟绝食五天而死，完成了他为国尽节、至死不降的烈士之志。这么一个鼎鼎大名的历史人物，怎么却成了这远山僻壤的"茶神"呢？

事有凑巧，那天正逢开茶节，"感德镇2020年秋茶庆丰收感恩仪式"在茶王公祠举行。主人介绍说，茶王公祠最早建于明成化五年（1469），为感德人缅怀谢枋得所建。该祠延续近五百年香火不灭，直到1958年才被拆除，地基辟为茶园。2010年，感德人又捐集资金，在原址重建，确定每年春秋两季的开茶节，固定在祠内举行。我听罢大为惊异，想在一个地方，人们对一个古人的崇敬，达到这样顶礼膜拜的程度，也是无以复加的了。

谢枋得享此殊荣，自然事出有因。作为一个亡国之臣，屈身山野，他的愤恨、羞辱自是胸怀满满的，可他并没有失落和消沉，他一方面写诗作文，发泄对南宋腐败朝廷的愤懑，抨击异族入侵的罪行，思考历史的沉痛教训，以丰富其《叠山集》的内涵；一方面讲学劝道，教化山民。他发现此地土壤气候非常适合茶叶生长，便鼓励山民垦荒植茶，以茶致富。在他的带领和感召下，当地人民积极种植茶叶，通过茶叶贸易获取利益，谋到了一条生路。感德人对这么个教育引导他们的恩人感恩戴德，尊为"茶王公"，当成了茶神供奉。重建茶王公祠时，在前后堂之间的天井一角处，涌出来一股清泉，人们认定这是谢枋得显灵，特赐烹茶之水，庇佑乡民。于是便将泉眼开凿成一口水井，取名"感恩井"，每年开茶节都要在井前设台祭祀，表达感激之情。

徜徉祠内，拜览陈列，我心中充满感慨。想古今贤良之伟大，扬名之久远，盖出于其服务人民之用心，一如关中的郑国渠、西湖的白苏二堤、新疆的左公柳等等，只要是真心实意为人民谋福利的，人民总会把他的名字镌刻于心，永志不忘。

（2020年10月29日）

辛丑岁初海南儋州谒苏轼遗迹感怀

春光伴我中和行，
武定残垣没树林。
坡井仍存碑照影，
榔庵不见泪沾巾。
感怀白骨托孤岛，
慨叹丹心启庶民。
不系之舟今远去，
却留风范照星辰。

（2021 年 2 月 22 日）

偶逢黎老^(注1)牛栏西

偶逢黎老牛栏西，^(注2)
借问东坡何所栖。
遥指菜园瓜架处，
围墙里面是牛鸡。
我观黎老苴屦像，
眼露慈祥面刻霜。
手捧一团甘蔗叶，
五头牛牯围身旁。
遥想东坡落难时，
官家冷淡黎民暖。
倾其所有来相送，
吉贝蛎蚝挽命亡。
皆因贬吏亲黎庶，
开智拨愚姜与符。^(注3)
自古忠奸官场过，
民心向背不糊涂。
我和黎老田间立，

环顾四方心怅然。
胜迹冷凄神祇旺,
海花一朵羞圣贤。^(注4)
可叹千年寒暑后,
至今不识孔和颜。
言罢二人相揖别,
别时黎老意绵绵。
我坐车中生感喟,
抬头尚见霞飞天。

注1:黎老,黎族老人。

注2:东坡有诗云:"半醒半醉问诸黎,竹刺藤梢步步迷。但寻牛矢觅归路,家在牛栏西复西。"

注3:苏轼在海南岛培养了两个"第一"人才,即第一个进士符确、第一个举人姜唐佐。

注4:儋州附近有海花岛,已全部开发为房地产。

(2021年2月25日)

儋州怀古

苏东坡贬谪海南的旧居，在今儋州市中和镇。此地汉朝建墟，称"高坡"，至唐武德五年（622），儋耳郡改为儋州，历宋元明清，直至民国元年改州为县，这里都是州、县治所。后来县治另迁，直到1957年才改为中和镇。现在的中和镇基本上是建在原址边上，把东坡书院与其他旧址旧居隔成了两处。原址如今成了一座废墟，仅剩"武定门"的部分断壁残垣，在杂树野草丛中喘息。放眼望去，方圆几平方公里，全是一些不规则的庄稼地和果树林。东坡遗迹除了一个书院已辟为景区外，也基本不见踪影。"东坡井"仅剩一块石碑，东坡居所"牛栏西复西"的槟榔庵，已辟为鸡棚菜地，若无人指点，根本不知这里曾经埋下了一个伟大的灵魂留下的历史瑰宝。其物是人非至此，观之颇有沧海桑田之叹。

在我的心灵深处，苏东坡和黄庭坚是两个最挥之不去的典范存在。我总是喜欢比对他们的异同，他们同出一朝，都是品格高尚、才华横溢、性情潇洒，又都遭受了奸臣打压、蒙冤受屈、一贬再贬的祸患，而且两人都是愈贬愈坚，诗书才华如深山泉水，汩汩流淌。可两人的心态却又截然不同，黄庭坚面对无端贬谪，是孤傲不羁，只认死理，自视清高，言行不改。比如在贬黔州途经江陵写《承天院塔记》时，转运判官陈举求他署上自己的名字，"好传之子孙"，他鄙夷陈举的胸无点墨、附庸风雅，就是不给他署，结果遭到陈举的诬告，又被贬到宜州。他有诗云："俗里光尘合，胸中泾渭分""谪仙何处？无人伴我白螺杯""贤愚千载知谁是，满眼蓬蒿共一丘"。而苏东坡则是无怨无恨，自认倒霉，不问恩怨，一心作为。你看，贬到黄州时，自叹"只惭无补丝毫事，尚费官家压酒囊"；及至贬到惠州，他则满足于"日啖荔枝三百颗，不辞长作岭南人"；而当他被贬到儋州时，干脆自认"我本海南民，寄生西蜀州"，"此心安处是吾乡"。不仅没有怨恨，反而好像在感谢给了他意外的收获。这种积极乐观的心态，想来也是最难得、最需要的吧。正是有了这种心态，东坡每到一处，都不会因遭贬而丧失斗志，破罐子破摔，而是照样尽职尽责，治理一方，还注重启智开愚，教化庶民。在黄州，他以身作则，带领人们开垦荒地，自耕自足，还研发出了那么好吃的"东坡肉"。在惠州，他依照杭州之例，修堤造坝，治理湖泊，留下了惠州"苏堤"。在儋州，他没有了官职，连吃住都没有着落，他只好借住在种槟榔的棚子里，靠当地渔民送点吃的给他，就是在这种窘境下，他还开私塾，办学馆，育人子弟，先后培养出了海南第一个举人姜唐佐、第一个进士符确，传为史上佳话。

　　做人做到了东坡的境界，纵览古今，圣贤亦不过如此！

（2021年2月22日）

海南岛热带植物速写

一、旅人蕉

罗刹手中扇,
移栽在岛礁。
旅人蕉下问:
可解旅人愁?

二、狐尾椰

一身娇态惹人怜,
玉立椰山百树园。
遍览松龄笔下客,
其实最美是狐仙。

三、红花羊蹄甲

花尊名贱羊蹄甲,
无味无奇无富华。
全赖香江施宠爱,
摇身变作紫荆花。

四、三角梅

不信寒冬梅始开，
果然海角见情怀。
花开四季一团火，
吐尽衷肠迎客来。

五、海黄树苗

细枝细叶细身段，
不与常人争短长。
待到千年风雨后，
方知谁是木中王。

六、木棉花

一树绽开万朵花，
不须绿叶自堪夸。
拼将热血向天洒，
洗净瑶池涤玉华。

（2021年春）

黄龙山中速写

一　登山

仲夏登高岭，
逃离暑燥喧。
入林旋二百，
出岫耸三千。
心似离尘境，
身如进洞天。
奔波劳碌后，
来此是神仙。

二　民宿

峻岭葱茏处，

林荫围瓦屋。

面朝蕉洞峡，

背倚龙王麓。^{（注）}

餐盛少油脂，

室雅多木竹。

山姑把盏时，

游客忘归路。

注：黄龙山下有蕉洞村；黄龙山主峰名龙王峰。

三　雾中

正在观山景，

忽然浓雾临。

举头纱隐岳，

抬步足登云。

崖上铺莹絮，

林间舞素巾。

感时多变幻，

凡事有缘因。

四　雨后

青山原妩媚，

雨后态尤娇。

绿叶鲜如洗，

红花艳若描。

千枝争挺拔，

百羽竞妖娆。

遥看碧空外，

残云兀自飘。

五　健行

山中有小径，

引我向天行。

日落余晖美，

月升宇昊明。

攀援筋骨健，

吐纳氧离清。

停步闻蝉语，

声声皆有情。

六　小酌

山居迎远客，

大快老夫心。

日照山添色，

风吹水出音。

开壶篱下饮，

把盏涧边吟。

禽鸟乐翁醉，

唱开万里云。

七　口福

深山多美味，

常品碗中鲜。

笋蕨林间采，

鳖鱼石缝牵。

嚼根甘亦苦，

酗果脆而甜。

皆是口中福，

安康抵万钱。

八　观灯

夜攀高岭上，

远眺亮如城。

疑是银河落，

亦如星汉倾。

灯光铺锦绣，

夜幕盖红尘。

璀璨渐通远，

冥思到楚荆。^(注)

注：站在黄龙山腰，遥观灯火可从江西修水直达湖北通城。

九　山翁

山翁八十七，

猎猎一杆旗。

扶筷饭三碗，

举锄地两畦。

长眉藏善德，

弓背耸良慈。

有事无烦恼，

从容享寿颐。

十　走亲

甫出大秧田，

即达赶鸭岭。

域连两省界，

径绕一山颈。

野水逗禽声，

溪流晃竹影。

客来伢崽唤，

翻动层层景。

十一　望山

久居生怅意，

仰挂巅峰泪。

一剑独观天，

二龙双伏地。（注）

东吴兵寨倒，

西晋丹炉息。

仰首叹名山，

何时可拔萃？

注："一剑"指试剑石；黄龙山有龙王峰、龙王井，故称"二龙"。

（2021年8月9日）

山中静思

山水旅游热话题，
黄龙夏日却清凄。
世人不识真仙境，
空有犀牛望月啼。^(注)

注："犀牛望月"为黄龙山一景，类似景观山上山下有 100 多处。

（2021 年 8 月 10 日）

观山偶得

安坐秧田对鲤鱼，
忽观峭壁有玄机。
天书"易"字飘然现，
恰似三清八卦旗。

注：位于大秧田避暑山庄，远眺黄龙山"鲤鱼朝天"景观，一个由岩石构成的"易"字赫然在目，其玄机不可言表。

（2021 年 8 月 9 日）

名山之叹

单位搞了点小改革,每年不集中安排老干部的疗养了,改为个人自便,经费包干,想到哪里到哪里。我于是就挑中了黄龙山。

黄龙山,一座生态圣山,一座文化名山,一座神奇古山,一座休闲好山!

我一直想不通,这么好的一座山,为什么至今没有开发?论位置,它处在修水县的西北边境,与湖南的平江、湖北的通城县交界,素有"一脚踏三省、一山分三水、一目观两湖"之称,现在交通日益发达,山脚下的高速公路贯通三省,十分便利。论气候,它海拔1511米,半山腰之上都是避暑胜地;山下还有一温泉,终年水量充足,又是休闲疗养的佳境。山上遍布自然景观,奇山异水花海石林到处都是。历史文化更是特色彰显,光是一座黄龙寺,以其著名禅宗祖庭的地位,就蜚声中外,名倾僧俗。何况还有屈原、杜甫、黄庭坚等先贤足迹诗书留痕,有宁河戏、全丰花灯、一娘圣灯等国家"非遗"演出,有秋收起义、苏维埃根据地等红色遗迹,真是如数家珍,遍地是宝。若与湘鄂邻县联手,打通邻近的幕阜山、药姑山等景区，开辟三省互通旅游线路，则其边际效益翻倍增长，前景不可估量。按理修水打旅游牌，就应以黄龙山为龙头，以休闲度假加历史文化为主体，沿修河一线布局，链接起古艾国遗址、黄庭坚故居、秋收起义旧址、陈家大屋、火石板尖道教胜地、山背文化遗址等景区，形成文化旅游大格局，定能吸引远近游客，形成宏大规模，取得长远效益，否则总是小打小闹，搞些小项目，就只能吸点眼球，赚点吃喝，挖不到真金，真不是个办法。可头顶上戴着这么一颗璀璨明珠，时至今日还蒙尘盖土不见天日，不知是何道理？

  我每到一次黄龙山，都要发此感慨，十几二十年了，还是"只有香如故"。其实山里的老表比我还急，他们都在翘首以盼，认为不能总这样资源闲置，这么好的一座名山，有关方面不可能置之不理，总有一天会来组织开发。看到别处的乡村旅游搞得轰轰烈烈，他们越来越眼红，于是也打起了自己那点宅基地的主意，搞起了先行开发。很多已经搬迁下山了的，又回到了山上，把老屋修起来，或是推倒重建，按照旅游所需的格局，搞起了民宿，吸引三省边地甚或远一些的游客前来休闲度假，以增加一些家庭收入。在一个叫作"大秧田"的山窝里，一家三兄弟就联袂建起了一座大屋，有十几间客房，门前还挂上了

"大秧田民宿"的牌子，他们的儿女还在网上搞起了直播，说这里夏日清凉，空气富氧，山珍好吃，还能躺在床上看日出。还真招来了不少游客。

只可惜这种零打碎敲太不起眼了，根本形不成规模。老表们光靠这个还是很难赚到几个钱，至今他们盼望旅游开发的呼声越来越高，真到了望眼欲穿的地步。

（2021年8月9日）

登苦竹岭访抗日战场感怀

苦竹岭边悼国魂,

扶枝折叶路难行。

关前风洞哀声紧,

石上摩崖血腥明。

细雨纷纷天落泪,

粗茅簌簌地倾情。

川兵抗日动吴楚,

千古应留壮士名。

(2021年8月16日)

苦竹岭上念英魂

苦竹岭是幕阜山脉的一个山头。

幕阜山脉虽不算大，但非常神奇，其中一点就是它的地理位置特殊，就像一块舞台上的大幕，横拉在江汉平原的南端，一头连着洞庭湖，一头连着鄱阳湖，中间是连绵山岭，巍峨峻峭，密不透风。光从主峰黄龙山起算，往东一线就排列有尖山、南楼岭、苦竹岭、黄袍山、大湖山、九宫山等高峰，这些崇山峻岭携手并肩互相呼应，绵延几百公里，在长江中游筑起了一道不可逾越的天然屏障。

抗日战争中著名的长沙会战，就与这道屏障结下了不解之缘。

长沙会战自1939—1942年，历时三年，分为三次进行，中日双方各投入兵力达数十万众。可以说是事关抗日战争大局的关键战役，也可以说是对第二次世界大战具有重大影响的战役。日军占领了长沙，就可以切断西南与中原的联系，直接威胁到陪都重庆，甚至可以策应东南亚的部队，对西南实施包围占领，使国军失去后方，进而达到全面占领中国的目的。国民党当局对此当然不敢掉以轻心，除当地驻军第九战区外，还调集了多方部队增援，其中川军杨森所部第27集团军，就奉命驻守幕阜山脉一线，既遏阻武汉方向南下增援之敌，又从侧翼攻击从南昌方向西进之敌。1939年9月，日军板垣第33师团妄图经武（汉）长（沙）公路直逼平江、合围长沙，在九岭山受到国军第98师强力阻击后，转而绕道幕阜山脉的南楼岭，从修水县的白岭、大桥进入平江。不料在通城县的鸡笼山又遭国军第140师重创，只好改由苦竹岭翻山。这支日军进入幕阜山腹地后，遭到了顽强抵抗，中国军队拼死拖住日军，使之不能前进半步，双方反复争夺阵地，山头山窝到处都是战场。其中苦竹岭一战就最为激烈，国军第20军军长杨汉域抓住战机，亲率所属133、134师部队在苦竹岭设伏，结果大获全胜，歼敌数千人，有效打击了日军的嚣张气焰，为取得第一次长沙会战的胜利作出了重大贡献。

历史的烽烟已然消散，现在的苦竹岭早已被郁郁葱葱的树林覆盖，就连那条弯曲陡峭的石板小道也淹没在草丛之中，难觅踪影，取而代之的是一条简易公路，被洪水冲刷得沟壑纵横，把个古道风景搞得七零八碎、荡然无存。我登苦竹岭，是听闻那里有一块杨汉域题写的摩崖石刻，想必有些来头，值得一探究竟。那天恰逢8.15抗战胜利纪念日，我是怀着一种无限敬仰的心情，去缅怀先烈哀悼亡灵的。站在岭下仰头望去，那齐刷刷的山坡就像一群钢铁战士，至今仍巍然屹立，守卫着这一方血染的土地。上山的路异常崎岖，好得同行的多是年轻人，他们带了柴刀锄头，沿途挖坎开路，才艰难地登上山顶。

站在山顶，便站到了一个分界线上，今时是赣鄂分界，古代是吴楚分界。往南北两边看去，都是丘陵逶迤之地，遍布钟鸣鼎食之家，山野景色历历在目。我不禁感慨万分，想当年在这局促的山岭之间，竟然集合了数以万计的部队，大小战斗不计其数，敌我双方伤亡不可谓不大，光鸡笼山一战，我方一个连就只剩下8个人。真是青山处处埋忠骨，那些远离故乡、抛妻别子的热血男儿们，硬是以他们的血肉之躯，牢牢地守住了这块铁幕，令日寇无法撕开口子。想到这些，眼前那些密密麻麻的红土丘陵，竟都幻化成了埋葬那些不朽魂灵的坟墓，令人肃然起敬。

苦竹岭以山间多苦竹而名。苦竹又名伞柄竹，是一种秆细叶窄、可作旗杆、帐杆、伞杆、钓竿的普通竹子，其根、茎、叶等具有清热解毒、凉血清痰之功效，均可入药。苦竹笋味苦甘寒，与肉类一起烹煮炖炒，还是山里人餐桌上的一道美味。苦竹具有甘于寂寞、坚守情操，不沾世俗、洁身自好的秉性。杜甫有诗云："青冥亦自守，软弱强扶持。味苦夏虫避，丛卑春鸟疑。"黄庭坚在《又答斌老病愈遣闷》中赞叹："苦竹绕莲塘，自悦鱼鸟性。"我突然想，苦竹与抗日川兵，其性格是多么相像，虽然都是芸芸众生，都不起眼，可那种积苦为甘、敢于牺牲的精神，是那么撼人心魄，那么叹为观止！

自此之后，苦竹岭上的那片竹海，便深深地根植在了我的心中。

（2021年8月16日）

太湖行

鼋渚头前观太湖,

烂银一片耀姑苏。

千条彩带绕山水,

万种风情入画图。

听戏时常思定国,

品茗总是念陶朱。

江南真个风光好,

醉煞游人不识途。

(2021年10月26日)

火石行二首

其一

秋游火石村,
扑面文风浓。
霞罩吴仙里,
钟敲神岭峰。
佛堂安母子,
书院存樟松。
叹此弹丸地,
千年藏虎龙!

其二

打石火星迸,

桥成景醉人。

云霓描绿翠,

岚气抚薇茵。

孝道行吴猛,

文峰耸祝彬。

置身阡陌里,

无处不氤氲。

（2021年10月7日）

登大板尖感怀

道家风景在奇巅,
九岭仙宫一线悬。
山路崎岖车接踵,
香烟飘渺客摩肩。
无为意在有为处,
赐福还须生福缘。
回首逍遥山下看,
云遮雾罩是人烟。

（2021年10月6日）

把酒奉仙

何市镇在历史上与隔壁的上奉乡一起，为古奉乡，又称奉仙乡。我惊奇于那个"仙"字，因为我知道修水在民国之前叫分宁，也曾设州，叫宁州，清朝后期还因为打击太平天国残军有功，被朝廷封为"义宁州"。全域划分为"高、崇、奉、武、仁、西、安、泰"八乡，都是单字，加一"仙"字必有含义。到得吴仙里，才知此地确是仙乡，说是道家圣地毫不为过。

奉仙之仙，首推吴猛。吴猛真的非等闲之辈，二十四孝中的"恣蚊饱血"，说的就是吴猛的故事。我以为中国传统文化中，确有精华、糟粕之分，所谓传承，一定要取其精华去其糟粕。二十四孝中有两孝出自修水，黄庭坚的"涤亲溺器"就值得大肆宣扬，发扬光大；而吴猛的"恣蚊饱血"就有点不可思议。脱光衣服让蚊子叮咬，能不能办到是个问题；他让蚊子咬了是不是就没有蚊子咬他父母了也未可知。当然作为一个八岁的小孩，能有这样的孝心也难能可贵。相比之下，有些就真的难以置信了，如"卧冰求鲤""哭竹生笋"，明摆着就是封建迷信；而"孝感动天""埋子奉亲"则更是愚昧至极的行为。封建社会鼓吹愚孝，目的是要人们愚忠，搞上智下愚一套，好让皇帝老儿踏踏实实安坐龙庭。现在还要宣扬就太不合时宜了。

　　吴猛的伟大，当然远不在这一件事情上，他是把他的孝心变成了孝道，史书上讲他40岁时"得至人丁义神方。继师南海太守鲍靓，复得秘法。吴黄龙（230）中，得白云符，遂以道术大行于吴晋之间。"那么四十岁之前他干了些什么？据《搜神后记》《老氏圣纪》载，为晋西安（即今修水、武宁一带）县令干庆的幕僚，职位为"舍人"。我想吴猛所处时期为三国至西晋时期，那时还没有科举，选拔官员实行的是九品中正制，盛行"举孝廉"。他那"恣蚊饱血"的大孝行为，应是感动了地方的九品中正官，便举荐他入仕，当上了地方官。偏偏吴猛志不在当官，而是崇尚老庄，专心研究道家学说，他把儒、道两家思想糅合，主张"欲修仙道，先修人道""非忠非孝，人且不可为，况于仙乎？"因此他在斩蛟治水、炼丹除疫、治病救人的活动中，大力宣扬伦理道德，教化民众忠君尽孝。晚年又收南昌许逊为徒，把他的所有秘术尽传于许逊，后又转拜许逊为师。二人在互相切磋、共同研习的过程中，逐步形成了明忠净孝的思想，为正一教净明道的创立和江西万寿宫文化的形成打下了基础。吴猛后来被列为道教十二真君之一，号"大洞真君"。宋明以后，许逊被尊为净明道的祖师，其实很多净明思想和灵异事件，是从吴猛身上转移而来的，以吴猛的事迹丰满了许逊的形象。

　　吴、许二真君在修水奉乡的传教布道活动，范围不断扩展，很快就遍及赣、湘、鄂、豫、闽、粤等地，求学炼术者纷至沓来，以至在这里诞生了最早的八仙——比现在家喻户晓的八仙过海的八仙足足早了五百多年。这八个人都号称是吴猛、许逊的弟子，得其真传后，分别居于周围四个山头炼丹布道，即大板尖的赵、白二仙，陶姚尖的陶、姚二仙，廖尹尖的廖、尹二仙，神岭的黄、郭二仙。这四个山头发自九岭山脉，呈八卦状走势，簇拥着中间吴猛、许逊的炼丹之处丹霞观，整个地形就是一个八卦。大自然鬼斧神工，真乃神来之笔。奇怪的是这八仙均有姓无名，有修水资深学者细查，也只得知一二，如赵仙名赵道昌，又说赵道一、赵宜真；白仙名白玉蟾，黄仙名黄栖云。均无确切出处，不可轻信。而陶、姚二仙则传说为初唐李元吉之妃，因玄武门之变逃来此处，后得道成仙，是为二道姑。连年代都相差甚远，显然有误。古来道家修炼，讲求隐遁不显，居于名山大川，隐姓埋名，深藏不露，羽化之后一般无人知晓，只说是已经升天。这样看来，这八个仙人能留下尊姓就不错了。

（2021年11月）

游磨盘山记

南昌近郊之湾里，有一小丘，形似磨盘，故曰磨盘山。山体娟秀，山势平缓，嘉木遍布，奇石突兀，辟为森林公园。因邻近"洪崖丹井"景区，故以乐祖伶伦之十二乐律，命名绕山步道为"乐道"，配以亭台点缀，音乐伴行，堪称健步休闲之胜境。余与数乡友时常登临，寒暑不拘，四季如一，兴莫高焉！

  老来生兴致，

  拾步磨盘山。

  山景如盆景，

  林颜真美颜。

  心随乐律走，

  意与惠风还。

  聊效柳司马，

  倚丘观鹭鹇。

（2022年10月15日）

闻文友星子雅聚

文人真雅致,

处处领风骚。

逐水聚汀渚,

落星掀浪涛。

吟歌抒赞美,

言讲表忠豪。

举目观匡岳,

松间浓雾高。

（2022年10月14日）

疫后赴澳大利亚探亲速写

其一

骨肉之情孰可抛?

三年疫阻心难熬。

泪飞一万五千里,

掀起南溟百丈潮。

（2023 年 1 月 18 日）

其二

欣然出国境,

却遇事烦心。

选座掏钞票,

候机付现金。

棺材伸手要,

雁过拔毛吟。

举目观机场,

阴沉无白云。

注:时于广州白云机场所遇。

(2023 年 1 月 17 日)

其三

夕离华夏地，

朝抵大洋洲。

机载思亲苦，

风驰抗疫忧。

三年梦易醒，

一见泪难收。

母女泣相抱，

此情诉不休。

（2023年1月18日）

其四

十年阔别后，

重访悉尼城。

衣架穹中重，

风帆波上轻。（注）

满城花锦簇，

遍地户充盈。

域外观佳景，

又生别样情。

注：衣架、风帆，分别为港湾大桥和歌剧院雅称。

（2023 年 1 月 19 日）

其五

世界尽头处，

天生有塔岛。^(注)

奇峰出秀水，

异地生珍宝。

今日景无数，

惜时孽未了。

欲寻原住民，

魂魄已缥缈。

注：塔岛即塔斯马尼亚岛，素有"世界尽头""地球心脏"美称。

（2023年1月27日）

其六

北国严寒季,

南洋盛夏时。

温恒无暑热,

气爽有凉怡。

鸟唱丛林闹,

花香游客痴。

一球两世界,

冷暖怎相知?

(2023年2月21日)

塔州感怀

对于澳大利亚，印象最深的还是塔斯马尼亚，人们对它有两个"爱称"，要我看都不确切。说是"世界尽头"，可在它的下面还有新西兰，还有南极洲，它根本算不上尽头；说它是"地球心脏"，是因为它长得像心脏，可这个心脏也长得太下了，几乎到了脚踝。要说它是澳洲尽头倒还说得过去，因为它地处澳大利亚的最南端，几乎一伸手就可以触摸到南极洲。还可称之为"地球吊坠"，像一颗宝贵的珍珠挂在地球身上，美不胜收。

塔斯马尼亚原本是与澳洲连在一起的，一万多年前，第四纪冰河时期结束，海平面上升，便形成了巴斯海峡，分割出了塔斯马尼亚岛。它是澳大利亚唯一的岛州，即一个岛就是一个州，就像中国的台湾和海南。

说塔斯马尼亚岛是世界最美的岛也不为过，它美在绿色的生态。全岛有世界遗产、国家公园多达20多处，覆盖40%的国土面积。它美在丰富的物产。走遍岛上，到处都有好吃的，且都是名冠全球。海鲜味美首屈一指，尤其是生蚝独一无二，令人垂涎；以"魔鬼"命名的樱桃香甜可口，人见人爱；还有巧克力冰淇淋无与伦比，堪称一流。它美在奇特的地貌，有世界十大最美海湾之一的酒杯湾，有与新西兰首都同名的惠灵顿山，有布满火红色花岗岩的火焰湾海岸线，还有濒临灭绝的"塔斯马尼亚魔鬼"袋獾等珍禽异兽。更为难得的是它地处南纬40度左右，气候温和，空气湿润，夏可避暑，冬能赏雪，确是人间天堂、世外桃源。

一个这么美的地方，徜徉其间，我的心情却轻松不起来。

那是癸卯年春节前夕，我来澳洲探亲，孩子安排一家人到塔岛旅游。我知道这是一个精心的安排，虽不能算是豪华度假，却也是一次令人陶醉的旅行。因疫情阻隔，我们骨肉分离整整三年了，好不容易盼到团聚，自然是喜极而泣，想要高质量地过个年。我们在塔岛首府霍巴特过除夕，大年初一游览布鲁尼岛，品尝那里的海鲜和巧克力，站在布鲁尼角灯塔下一览两大洋交汇的壮观景色。尔后沿东南一线，领略里奇蒙小镇风光，进入神秘的扣斯贝森林公园散步，一览酒杯湾湛蓝的秀色，趁夜色降临，悄悄地观看一群群蹒跚归巢的可爱的小企鹅，一直抵达北部的朗塞斯顿，到监狱餐厅大快朵颐地享受囚犯牛排。这一路可以说是光彩夺目，美得叫人诧异，优美的海滩，绵延的山脉，空气纯净的高原，大量的野生动物和大片未经开发的辽阔旷野，还有世界顶级的美食美酒，常常给人出其不意的收获。然而，在这里走得越多，逗留得越久，我心里就越是感到一种莫名的伤感不时袭来。登上高高的惠灵顿山，站在山顶远眺霍巴特城，心中却浮现起

16世纪欧洲人登岛时的情景。那时岛上有着近10万土著，可到1876年楚格尼尼去世，整个种族竟然被消灭殆尽。眼前这个如花园般美丽的城市，总是幻化出血腥的色彩，令人不寒而栗。而当我乘坐汽车奔驰在一望无际的森林公路上，或是披着夕阳漫步在林间小道上时，又总会想起那些森林里的可怜部落，他们祖祖辈辈居住的地方被白人侵占，只能逃进森林，过着野兽般的生活，然而侵略者们还不放过，一直穷追猛打，任意猎杀，极尽杀戮凌辱之能事，种种恶行令人发指。就这样，塔斯马尼亚的土著成了世界近代史上真正惨遭灭绝的一个种族。这些不堪回首的史实，像幽灵一般回荡在这个美丽的小岛上，是这么挥之不去。再美的景致，也难以掩盖人类的丑恶罪过，难以缓解游人悲悯同类的复杂心情。

　　我不禁向天而问：人类文明，为什么总是来得这么曲折，这么艰难？为什么总要付出无数生命的代价，经历无数血的洗礼，才能获得？

　　离开塔斯马尼亚时，我站在机场大厅一幅地图前，注视着这个小岛的地形。难怪人们要称它为"地球心脏"，这个小岛真像一个心脏，是那么惟妙惟肖，仿佛能听得到它的律动。就是它的颜色是多彩的，有深有浅，有淡有浓。我力图给它下个定义：这个心脏究竟是红的，还是黑的？还别说，真难！

（2023年6月）

第三辑
交往之念

交往，人生之需，人之常情。子曰："有朋自远方来，不亦乐乎？"三国时北海太守孔融尤喜结交，曰："座上客常满，杯中酒不空，吾之愿也。"文人交往，自有高雅之兴，诗词唱和，奇文共赏，平添了许多乐趣。

交往之要，在于知音。"伯牙抚琴子期听，高山流水识知音。"子期既死，伯牙摔琴，此乃"知音说与知音听，不是知音不与弹"。所以鲁迅感言："人生得一知己足矣，斯世当以同怀视之。"

交往讲求品位，"君子之交淡如水，小人之交甘若醴。"交往的最高境界，是东林寺的"虎溪三笑"："三笑三源流，三人三笑语；一花一世界，一叶一如来。"做人的最好心态，是天姥山的"太白情怀"："且放白鹿青崖间，须行即骑访名山，焉能摧眉折腰事权贵，使我不得开心颜！"

纪念匡一点先生一百周年诞辰感怀

当年怀志出山沟，

稚笔初书社稷谋。

惊动先师开慧眼，

牵来后学上轻舟。

春风一点新茶绿，

秋雨千丝雏菊稠。

修水东流歌不息，

声声送与听涛楼。

（2024年3月10日）

附记：1980年我从部队回修水探亲，写有散文《重走鸣水洞》，歌颂故乡的发展变化，刊于福州军区《前线报》，《修水报》转载。匡一点先生阅后大喜，想方设法与我联系上，嘱我下次回家务必见他。翌年春天我登门拜访，先生热情接待，耐心教我，使我颇得诗文写作要领，受益匪浅，至今难忘。

鸣水洞为修水西部山区汨水源头的一道瀑布。传说有一秀才路过此地，见之震惊，即兴想要赋诗，不料刚念出一"溅"字，文思受阻，再想不出，直至想死。死后变作一只小鸟，终年在此叫着"溅溅溅溅溅溅溅"。一日苏东坡从此路过，问明情由后即与之对诗：

溅溅溅溅溅溅溅，

一道银河落九天。

钢斧劈开山骨髓，

金钩钓出海龙涎。

烹茶可敬西天佛，

酿酒能奉北海仙。

莫是朝中苏学士？

然然然然然然然。

从此再也听不到小鸟的叫声了。

20 世纪 80 年代初，鸣水洞建起了一座水电站，使山区有史以来第一次用上了电灯。我那篇散文即是对此有感而写。文中亦步韵赋诗一首：

溅溅溅溅溅溅溅，

一片繁星落水源。

山墢夜开花万朵，

港溪日奏瑟千弦。

穷乡找到发家路，

僻壤引来致富泉。

莫是如今政策好？

然然然然然然然。

是日，该诗及文均得到了匡一点先生的悉心指教，留下一个先生爱惜、扶持年轻作者的美谈。

拜读柳志慎老先生《岁月微痕》有感

字字珠玑字字金,
家书一本溢亲情。
慎思慎语德才备,
柳叶柳枝风气清。
创业拓荒通四海,
重才弘道立三名。
文章着意添佳事,
正是金秋硕果盈。

(2016年9月5日)

丙申冬日客朱向前君半山亭感怀

半山有小阁，
招手可邀仙。
拍遍栏杆处，
无言向昊天。

（2016年11月21日）

"三朱会"感言

戊戌冬日为江西教育出版社出版《中国军旅文学史》一书造访向前兄，适逢天津卫视在向前府上拍摄其专访节目，又欣遇秀海兄，遂成"三朱会"之美事，得句如次：

三子会宜春，
诗书祭战魂。
军中情未了，
借酒搅青云。

（2018年12月6日）

和宗亲秀海兄

君临海口我三亚,

一日看完椰岛花。

木已成灰舟不系,

苏公魂已入琼崖。

（2019年1月）

附：秀海兄原玉

曾羡瀛洲四季花,

未知烂熳遍琼崖。

东坡当日应余恨,

轻别彤云入海霞。

咏驼兼赠宗亲秀海兄

惯于大漠作舟行,
不屑丘间有怪风。
即便沙尘蔽日起,
驼铃依旧笑苍穹。

（2023年8月17日）

致吴爱民君

乡友吴爱民，饱学之士，尤工《周易》，擅作楹联。庚寅冬日，以余名藏头，作联送余，联曰：

法应自然心中有日月；元生太极腹内藏乾坤。

并感慨附言："兄不钓名沽誉，在仕而修文，言而弃乡土之俗，身不钻浮萍之营，自是本性超物我之外，觉悟人生心归朴真，弟故作联赞之。"

余慨然系之，爱民夸奖过誉，实不敢当，但将以此联自勉矣。遂赋诗一首：

    心怀社稷写微文，

    转瞬经年霜染鬓。

    未建寸功酬百姓，

    何言悟道揣乾坤？

（2010年12月7日）

癸卯中秋步韵和爱民君

千山万水意蒙鸿,
月照中秋时日同。
我欲飞天越季去,
乡愁了却大觥盈。

(2023年9月29日于悉尼)

附:爱民原玉

开窗远处见飞鸿,
异国他乡月色同。
赣水悠悠情系远,
未知何日酒盅盈?

原韵和戴逢红君兼贺《黄龙宗》三卷问世

六祖枝开七叶连，

慧南之后有谁贤？

三书再显三关意，

一片丹心一片天。

（2016 年 11 月 30 日）

和戴逢红君雾中登云居山访真如寺

一寺安居云雾间，

道膺开得玉泉潺。

又闻信友参斯地，

唤我禅心越海山。

（2020 年 1 月 12 日于海口）

冬日观洞庭花柳感怀

丙申冬日,岳阳文友朱开见君发来微照二组,一为春花冬开,二为芦花垂柳。虽赏心悦目,却是反季异事,余感慨良多,特配诗二首,以助雅兴:

(一)

江南还是寒冬岁,

云梦繁花已盛开。

湘人性急催春早,

引得皇英下界来。(注)

注:皇英指舜帝妃子娥皇、女英,传说葬于君山

(二)

芦花冬日笑新柳,

奇了巴陵惊了楚。

想问当今忧乐事,

范公不见心无语。

(2016 年 12 月 11 日)

王泉媛颂

天生烈女赣江边,
乱世临危赴阵前。
花季即怀红玉志,
青春能甩木兰鞭。
敢同马匪争高下,
善与彝民结比肩。
磨难一生终不悔,
只留浩气在人间。

(2023年1月)

毛秉华赞

身居圣地得真经，
立志学僧要苦行。
背负忠魂喋血志，
心怀赤胆传薪情。
讲台三尺风雷动，
正气一身鬼蜮惊。
老树苍颜异样美，
井冈山上独峥嵘。

（2023年1月）

永不忘怀的忘年交

伫立黄洋界，放眼瞭望，山下是丘陵起伏的宁冈，再远处便是永新县，那里有三湾、古城、龙源口等。我总是看到一条路，一条羊肠小路，从湖南境内延伸过来，弯弯曲曲，坎坎坷坷，直达井冈山。路上，一群衣着杂乱、脚蹬草鞋、打着绑腿、头戴蓝色八角帽的军人，正在艰难前行。他们似在行军，背着土枪和梭镖，抬着土炮，还有的搀扶着伤员；又似在挑粮，扁担在他们肩头颤悠，箩绳有节奏地发出"咿呀"的声音。我一遍遍地看着他们，有敬佩，有惊讶，也有泪水。脑子里在切换着画面，炮火连天，哀鸿遍野，山河破碎，黑云压城。枪林弹雨下，尸骨如山，血流成河；凄风苦雨中，流离失所，民不聊生。那群头顶红星、领挂红旗的战士，那些进军井冈、傲视天下的勇士，心中的信念，却只有两个字：解放。民族解放了，国家和平了，人民平安了，自己也就满足了。

这山上有一个人，我终生难忘。他叫毛秉华，一个专事讲井冈山故事的人。1991年我们相遇，是我最先把他推向公众，从此他由自发讲说转变为受邀演讲。随着井冈山传统教育的风起云涌,他的讲座成了必修课,还源源不断地受邀下山,讲遍全国各地,直到年近九十讲不动了为止。数十年来,他讲课不计其数,但从不收费,也从不吃请。他说我讲的都是先烈的鲜血凝成的,我靠这个赚钱,良心不安啊!

就在山下不远处,还有一个奇人,她叫王泉媛,红军长征中的"女子先锋团"团长。曾率2000余女兵与马步芳匪徒鏖战,最后弹尽粮绝,败于祁连山下沙漠之中,仅剩数十人被俘。王泉媛在马匪窝里受罪两年后逃脱,辗转十多年回到故乡,又被诬为叛徒坏蛋屡遭批斗,含冤三十载,才得平反昭雪。组织上给了她一个副地级待遇,为她在泰和县城盖了一套住房,把她从山区敬老院接到了县城。她对党不知有多感激,对自己几十年所受的冤屈毫无怨言。20世纪90年代初我访知后,请她为部队官兵讲传统,此后多次请她上山,为军、地干部培训班讲课,她总是讲得如雷贯耳,催人泪下。每次结尾,她都是相同的一句话:"我生是党的人,死是党的鬼,对党忠诚永世不变!"不知打动了多少热血男儿。

这两个奇人,都比我年长三十多岁,可算得是忘年交,然而他们身上体现出的那种崇高信仰、无私奉献的精神,更是令我永难忘怀。

一到井冈山,我就会想起他们两人,我们的情谊太深,忘不了啊！从他们的讲述里，井冈山以及许许多多地方留下的刻骨印记，是那么深地烙在我的心里，铲也铲不掉！一想到这些，我们还有什么不满足的呢？还怎么忍心去鱼肉百姓、践踏斯文呢？

如今毛秉华、王泉媛都早已作古了，我决计找个时间，去到他们的墓前，燃一支清香，献一束鲜花，以遣老友情怀。

（2023年1月）

与传宝茶叙

千里访亲沪上行,
霏霏细雨润枯心。
瞻前忆昔几多事,
玉爪三根气入云。

(2018 年 5 月 21 日)

致高邻

  戊戌盛夏,躲入贵州避暑,阅高邻周文君微信,言已采摘我们屋顶菜园"抚心园"长过园墙之瓠子瓜,兴致顿添,即占一首:
  周君品瓠子,
  微信有瓜香。
  老友感情重,
  新苗藤蔓长。
  楼高能望远,
  墙矮好乘凉。
  隐士何方找?
  抚心园里藏。

(2018年7月)

痛悼族叔公正平先生

山高气自正,
浪涌水难平。
生若吊根草,
品如展翅鹰。
武扛狼牙棒,
文操毛瑟兵。
慨然拂袖去,
宇宙添新星。

（2018年10月27日）

"吊根草"

他自称是棵"吊根草",还以吊根草为名,写了一本长达60万字的自传。

吊根草是我们山里一种常见的小草,这种草生命力极强,田头地角无处不在。或许是它在田埂、山坡上吊着根也能生长的原因吧,因而就有了这么个名字。它不怕日晒,不怕雨淋,只要有一点土壤,就会旺盛生长。它会与庄稼抢肥料,往往一夜之间就会把整块地占满,把庄稼挤黄压瘦。锄地时必须深挖细找,只要留下一点根苗,它就能发芽长大。

从庄稼人的角度看,吊根草是一种顽强的杂草,必欲除之而后快;而若从生命的角度看,吊根草却有着独特的品格和精神。它生来渺小,不为人知,却默默无闻,管自成长;它受尽欺负,受尽折磨,锄砍刀剁,脚踩牛啃,不知要历经多少艰难险阻,甚至生命常常处于危险之中,然而它却不低头,不退却,不畏惧,不自弃。吊根草的品格,就是自强不息的品格;吊根草的精神,就是大无畏的精神。

他是我的老叔公辈,和多数后生一样,我对他是敬畏的。他个子不高,却有着一双浓眉厉眼、一张紧抿的嘴巴,整个透出一股威严。他有着一个古董脾气,平时很少说话,一说出来就能顶死牛,令人违抗不得。是不是他当了官,脾气就见长了?人们都在猜疑,谁也摸不准。他早就离开了老家,把家安在了县城。尽管那时他的生活也很拮据,但只要是老家来了人,他就要留着吃饭住宿,那口气是不容置疑的,你要是推辞,他就要大发雷霆。不论身上有钱没钱,招待客人的饭菜一定要丰盛,哪怕借钱也要买来鱼肉,让人十分过意不去。

  他出身农民,苦大仇深,吊根草的本性没有改变也不会改变。在二十世纪六七十年代,生活虽还比较艰苦,但人们出行起码有双解放鞋穿了,可他身为领导干部,到乡下去常常是一双草鞋,一袋干粮,俨然是个普通农民。有一次,他从乡下回县城开会,路上遇到一个也去开会的乡干部。那个干部看到他自己挑着行李,脚穿草鞋,健步如飞,以为他是个挑夫,便不由分说,把自己的行李也挂到他的扁担上,要他一块挑。他二话没说就接了过来,一直挑到县城。第二天开会时,那个乡干部见他在主席台上讲话,才知道他的身份,吓得连忙找他赔礼道歉。他正色道,我为你挑行李没什么了不起,但你怕苦怕累、随便要群众为你服务的官老爷作风是要不得的啊!

  类似的事情据说在他身上发生过很多。他这个脾气,究竟是"官味"还是"民味"?老百姓究竟是喜欢还是厌恶?自是不言而喻了。

(2018年10月27日)

北海访匡建二兄有感

江右兴衰事,

阔谈在北海。

他乡遇故知,

一盏尽开怀。

(2018年11月30日)

父亲节收鲜花感怀

记得当年塑料壶,

扬眉一斗度春秋。

老来醉卧花丛里,

滴水涌泉淌不休。

(2021年6月20日)

大有花甲诞辰感言

（一）

春风夏雨连秋露，
堪叹苍茫岁月稠。
喜得园中金色重，
累累硕果压枝头。

（二）

竟与文殊同日生，
命中注定好因缘。
诗书满腹皆天授，
难怪才思如涌泉。

（2023年5月22日）

感慨大有贺贱躯70生日赠诗，依韵和之

有愧当年立杏坛，

愚顽不得悟终南。

纸间墨迹已斑驳，

街上格栅正烁斓。

不觉魑魅非梦境，

只知天地是人寰。

命途不济流年喘，

满腹忧烦不得闲。

（2023年8月27日）

附：大有原玉
贺法元先生古稀寿诞

壮志从戎别杏坛，枕波战浪守东南。

名扬八闽军翘楚，业历四行迹灏斓。

椽笔雕龙铭史册，雄文载道洗尘寰。

喜迎七秩椿作纪，明止禅心享豫闲。

己亥仲春收乡友寄来明前新茶感怀

闲居少事候清明，
又有新茶入陋庭。
开罐即生双井意，
提壶已喷宁红情。
感怀山谷夸云腴，
慨叹子瞻赞异茗。
鹏城别后多踌躇，
一盏漫江潮不平。

（2019年4月2日）

步韵和黄君先生《端午重读天问有感》

南国端阳风雨频,

忽闻微信起清音。

又提天问谁传道?

只见楚辞不见琴。

附:黄君原玉

天问无期以到今,

苍茫又觉海潮音。

应龙为画中央牧,

检点珠峰且弄琴。

贺黄君先生新编《三贤集》付梓

未览佳篇意已延,
恍如梦里见三贤。
几番唱和神仙会,
魏骨晋风传万年!

客田园记

己亥季春，访文友叶绍荣君于叶家窝创作基地，午餐做客农家。老农亦善文，见有文人来访，迎接甚隆，关闭鸡鸭，扫净地场，张贴标语，鸣放鞭炮，土菜烹香，谷酒醉人，其热诚之意感人至深。慨而口占二首：

其一

城外有新天，
山窝藏大贤。
搭棚亲故土，
伏案写箴言。
白发有奇志，
赤心无老颜。
登临眺望处，
一觉可成仙。

其二

呼朋至故地,
做客唔樵翁。
智慧头纹刻,
辛劳手茧铭。
迎宾有炮响,
净地无鸡鸣。
诚挚山溪水,
涓涓灿若晶。

咏雪茶

戊戌迎新前夕,文友卢洁华女士发微图,出一佳句:"煮雪问茶味",吾鼓掌称妙,即兴得句。

煮雪问茶味,

香甜有几何?

高洁两相遇,

尘世一支歌。

(2019年1月20日)

得《枕边阅读》有感

寓居三亚,收到卢洁华友寄来新书《枕边阅读》,如获至宝。

夜览枕边语,

海天月入怀。

浪平波不惊,

无物无尘埃。

(2019年1月22日)

偶成

观中视《远方的家》,节目中介绍修水美食大饺子,受访者为我之故友、乡人吴圆成,即兴得句。

高楼独坐享清闲,
忽见荧屏饺子圆。
音容恍若表亲到,
愁煞离乡背井人。

(2019年11月11日)

"书茶同柜"感言

文友赵霞将茶砖摆至书柜,制成美图发微信朋友圈,观之甚为雅致。

书茶虽曰不同宗,
品位却能盖众雄。
隔屏犹透两香气,
渺渺飘飘醉太空。

(2019年12月7日)

观九江电视台"东西南北九江人之今日浔商"卢韬龙篇感怀

创业英雄如劲松,
傲然挺立见高风。
出山屡走坎坷路,
入市多行荆棘丛。
志可拿云无远虑,
勤能补拙有奇功。
一花引得满园秀,
幕阜沂蒙两彩虹。

(2020年1月9日)

简言表弟

表弟创业在临沂。

表弟这辈子,求学、创业都不容易。表弟读到高中时,出现了短板,其他学科成绩都非常优秀,独对数学不感兴趣,根据劳伦斯·彼得的木桶理论,他的高考总分就无法上去。这时候他的倔劲儿上来了,心想我丢掉数学分不要,也要拼一把,就这样一届届地复读,整整考了十年,终于无缘大学。本来有几次过了录取线,他又嫌学校不理想而放弃了,真真令人扼腕。表弟于是决计下海,当个市场经济的弄潮儿。从南闯到北,终于在山东打下一片天地,当上了不大不小的老板。到我去看他的时候,他已是临沂市江西商会的会长了。

表弟创业有多艰难,又取得了多大的成绩,这个不需赘述,九江电视台已把他列为"东西南北九江人之今日浔商"节目的典型,对他做了专题访谈,可见非同一般。我的感叹钦佩,是他那种对理想追求的执著精神。一个人,高考那样的强烈攻坚仗,能坚持打十年,屡败屡战,愈挫愈勇,没有顽强的意志,没有坚韧的毅力,是万万办不到的。到了这种程度,结果已经不重要了,重要的是体现了倔强的性格和排除万难的勇气。正因为此,他在几十年的商场搏击中,才始终立于不败之地。

(2020年1月9日)

如梦令·观第十三届省市京剧票友联谊演唱会赠诸票友

昨夜雾弥江畔,

雾中却现琼楼,

皮黄传金玉,

恍如滕阁春秋。

且住,且住,

谁人与我共舞?

票友抗疫有感

庚子元宵节，值新冠病毒全球肆虐，余身居海南，忧虑重重。打开手机观看京剧票友演唱视频，见诸位热情奔放，斗志昂扬，受其鼓舞，作诗赞之：

懒饮元宵酒，

来观票友频。

皮黄有气概，

琴鼓多豪情。

净丑威风展，

旦生声腔明。

驱邪数票友，

一唱世间平！

听戏抒情

身居海岛，欣赏京剧，见京胡名家高俊浩和票友郑翔分别在北京、南昌两地，隔空奏唱《苏武牧羊》选段，配合默契，别有风味，不禁鼓掌欢呼，遂成一首：

  隔空奏唱飘天籁，

  金嗓银胡两地徊。

  入戏诚流一使泪，

  闻声更念二贤才。

  无缘咫尺成天路，

  有兴际涯皆舞台。

  鼓板一声音未尽，

  犹闻票友踏歌来。

（2020年3月31日）

感怀郑翔先生百段京剧纪念建党百年

票友丹心实可钦,
百年百段见精神。
挺身亮相马杨范,
引吭开言奚李音。
大探二宣忠烈胆,
失空斩叹老臣心。
皮黄鼓板浩然气,
多少悲欢皆入云。

（2021年6月27日）

群之乐

不能不佩服中国人的智慧，任何东西，别人发明了，我们拿过来，便会发挥到极致。比如互联网技术，引进不多久，就推进到了外卖、网购、微信等等方面，哪一个都给人们生活提供了极大的方便，哪一个都能把社会推上一个新台阶，因而很快就风靡全国。

单说微信。单说微信中的微聊。单说微聊中的群聊。

和大多数人一样，刚开始我也加入了许多的"群"，因为实在是太方便了，只要有活动，就建一个群，有事一呼百应，一拍即合，傻瓜不出门，也知天下事。后来发现麻烦也不少，便逐步缩减，非必要不入，留下的都是精华。

我有三个挚爱：散文、诗词和京剧，于是有三个群，成了我日常生活中的重要组成部分，须臾不可或缺。一个散文群，一个诗词群，还有一个是票友群。

古云"人各有志"，其实还有个"人各有爱"，含义更广。爱即爱好，人的兴趣爱好真是千奇百怪，种类繁多，只要是健康向上的，都无可非议，旁人无权干涉。在自己的兴趣爱好中活动，就像鱼翔浅底，鹰击长空，自由挥洒，其乐无穷。若是没有一点兴趣爱好，生活就枯燥无味了。特别是到了老年，退休之后赋闲了，无事可做，日子怎么打发？说有两个朋友，一个问："最近在干啥？"一个答："没干啥，在等。"问："等什么？"答："等死！"说得决绝，听得愕然，细想一下，确是那么回事。所以呀，老年人喜欢干点什么，是好事，要多鼓励多点赞，千万不要干涉，更不要泼冷水。

这三个群之所以对我如此有吸引力，首先是道相同。孔子说："道不同，不相为谋。"人生有四个阶段，限制了自己的选择。幼年时少不更事，不懂选择；少年时强制读书，不能选择；成年后有功利需求，不好选择；只有老年时自由自在，想咋的咋的，随便选择。老年人的社会交往，基本上是"物以类聚人以群分"，来去自由，不是一路人就不进一家门。散文群本来就是江西省散文学会的工作群，在这里我们谈文论道，尽展魏晋风骨；指东打西，都是韩柳文章。而诗词群全名叫"山谷诗社投稿群"，顾名思义，是拜在黄庭坚门下，多为江西修水人组成。里面尽是诗词高手，时有佳作迭出，名句彰显，惹来众人喝彩不断。票友群更有意思，最早是郑翔先生有此爱好，经常邀集好友开唱，来者不仅有票友，还有退休的省京剧院名角，还不时请到一些京剧名家来赣指导。他在担任九江学院党委书记期间，有一次请来了杨春霞、燕守平，江右票友数人陪同，我有幸忝列其中。杨春霞是当代京剧界的翘楚，著名梅派青衣，以饰演《杜鹃山》中的柯湘名扬中外；燕守平是目前中国京胡第一人，有"京胡圣手"之美称。能与他们一起唱上两句，真是难能可贵的事，我虽是个破锣嗓子，也硬着头皮，在燕大师的伴奏下，吼了一段《我魏降》，至今忆及，心里还是美滋滋的。时间长了，我们很自然地聚在一起，自己起了个名字，叫"郑翔班"，后来老郑觉得不妥，本想解散，却耐不住一众票友的吵闹，便改为"梨园况味"，重新登场。每次聚会，总有几个内行撑场，乐队也是省京的几个老师傅，能给大家带来高档享受。本来在群里只是发一些经典唱段、搞一些小的讨论、普及一些京剧知识的，后来闹疫情，不能聚会了，我们就搞起了创新，改为群里演唱，互相切磋。胆大有功力的，就把在"全民K歌"上唱的发到群里，有时还隔空演唱。比如2020年3月31日，郑翔在南昌演唱，高俊浩在北京伴奏，二人合作完成了一段《苏武牧羊》，我则在海口收听，感慨颇多。有了群，活动就不受时间、场地、交通的限制，不需集中人员，不愁活动经费，自由自在，无是无非，既能交流互动，又能加深友谊，成了一个宝贵的娱乐阵地。

我发现，要享受群的快乐，就须遵守三个原则：高雅、平等、自由。我们这三个群的群友，都能自觉做到"三不谈"：不谈国事，不谈琐事，不谈丑事。所有的话题，都是专业内的事情。因此不惹是生非，不纠缠于鸡毛蒜皮，更不堕入低级趣味。大家围绕本行业务，各抒己见，侃侃而谈，尽情发挥，不时还推出新作，"奇文共欣赏，疑义相与析。"虽多是互相夸奖，互相鼓励，有时甚至是互相吹捧，可一来不少确是上品佳作，值得欣赏；二来都是人到暮年，不须多求长进，不必吹毛求疵。能够"乐莫乐兮新相知"，达到"相逢但喜桑麻长，欲话穷通已两忘"的目的，就是最佳境界了，夫复何求？至于互相之间，不论以前坐什么位子，荷包里有多少票子；也不论有多高的水平，写得说得唱得有多好，一律平等，不分高下，长幼有序，谦让有加。说句实话，就专业而言，哪个群里都是参差不齐的，互相之间的差距还不小，比如我，就经常被文友艺友的优秀表现优秀作品所折服，读诗文、听唱段，会陶醉其间，以至于常常当起了"潜水艇"，不敢造次。有一次还在票友群里贴出了"退群声明"，表示不愿再当南郭先生。只是群友们宽宏大量，拼力挽留，才给自己铺了个"降汉不降曹"的台阶，愿意"留群不留班"，不到现场出丑。群即群体、团队，虽是松散的，但也得讲究氛围。我们群里的气氛，始终是自由活泼的。在不违法乱纪的前提下，发表作品自由，表达意见自由，辩论也自由。不管争论多激烈，友情不受影响，天照聊，酒照喝，文照写，戏照唱，真乃无忧无虑，其乐无穷。

有感于此，心血来潮，凑成一联：

不思蜀矣，玩文玩艺玩世界；

何惧老耶，乐网乐群乐心灵。

（2023年6月23日）

远眺黄龙山依韵和朱啸《茅竹山行》

长亭独坐看斯山，

不觉影孤形自单。

俯首田畴禾孕谷，

抬头岭上霭铺滩。

炼丹只角谈何易？

修道三关悟更难。

慨叹此生多缺憾，

想登绝顶已心残。

（2020年6月15日）

附：朱啸先生原玉

翠竹葱茅覆此山，勾留宜奉趁衣单。

谁将霏雨呵云石，我作风哥撼瀑滩。

百丈禅音犹未寂，三关说教已非难。

中天电母输神力，不屑西风夕照残。

赠民工老友卢水平先生

生就明星像，

人呼"李向阳"。

住行无羁绊，

俯仰有担当。

德厚乡邻敬，

品高亲友扬。

黄龙烟雨处，

潇洒一樵郎。

（2021年4月13日）

新茶
——寓居海南岛收故乡友人寄新茶感怀

暖冬春早发,

雨水催新茶。

瓯蚁出双井,

清香进耳崖。

开壶感故旧,

把盏品年华。

亲情隔不断,

万里亦如家。

(2021 年 3 月 8 日)

旅居海口收好友寄来信丰脐橙感怀

栖身海岛学苏公,
又得高朋寄雅情。
封盖尚闻仙果味,
开箱可见佛珠型。
瓣超妃子红尘笑,
汁赛英雄青酒评。
且啖脐橙三百瓣,
至今常念信丰行。

(2021 年 1 月 17 日)

悼袁隆平院士

起锅闻饭香,

扶筷安饥肠。

但念农夫苦,

不知智者忙。

弯腰吨亩绿,

挥手万斤黄。

天教神农归,

禾下怎纳凉?^(注)

注：袁隆平的理想是把水稻种成大树，让人们在树下纳凉。

（2021 年 5 月 25 日）

米谷大神

真正值得敬佩的人，是那些创造了有益于人民的奇迹的人。

有一个老人，身材瘦小，皮肤黧黑，大眼睛，薄嘴唇，一双手伸出来像鸡爪，一看就知道是长期与泥土亲密接触的手。倘若站在人群中，恐怕谁也不会认出他来。可就是这么个小老头，却承担了一个人类最需要解决的大问题：吃饭问题。

吃饭问题，在很长一段时期内，都是一个困扰中国的大问题。解放以后，从"三面红旗"到三年困难时期，从十年"文化大革命"到改革开放初期，中国人民一直处于饥饿半饥饿状态，"没饭吃"成了一个极为棘手的问题，以至于最高领导亲自号召要"瓜菜代"，要"忙时吃干，闲时吃稀，平时半干半稀"，以杂粮替代主食成为一种普遍现象，有的地方甚至开介绍信让农民外出要饭，极端的时候竟然大批地饿死人。后来随着改革开放的深入，实行多措并举，虽然吃饭问题基本缓解了，但人们惊魂未定，好多年都不敢放松农业，生怕粮食出现危机，直到现在，每年的中央一号文件都是"三农"问题，连续几十年不变。

"吃饭问题"一个最重要的环节，是优化品种、提高产量。在众多立志"让人民吃饱饭"并为此殚精竭虑奋斗不息的科学家中，一个名字脱颖而出，他就是袁隆平。他是中国杂交水稻育种专家，中国工程院院士。中国以占世界不到10%的耕地，养活了占世界20%多的人口，这其中，袁隆平研发的杂交水稻立下了汗马功劳，因此被誉为"杂交水稻之父"。他一生致力于杂交水稻技术的研究、应用与推广，发明"三系法"籼型杂交水稻，成功研究出"两系法"杂交水稻，创建了超级杂交稻技术体系，为我国粮食安全、农业科学发展和世界粮食供给作出了杰出贡献。袁隆平是我国人民乃至世界人民崇拜的人物，是"共和国勋章"和许多荣誉的获得者。

我和袁老只有一面之交，却有一段值得珍藏的难忘记忆。那是十多年前，我们办了一张报纸，叫《致富快报》，特聘了袁隆平当高级顾问。有一天，袁老到南昌开会，我和报社的刘爱华社长前去拜访他，向他汇报报社的工作，请他对办好报纸提出宝贵意见。那时我刚刚接手分管报刊，研究了《致富快报》的情况后，萌生了一个想法，感到这是当时全国唯一一张面向农村的报纸，对广大农民朋友来说是难得的一个舆论阵地，只是创办的宗旨一如报名，仅仅是介绍农民致富信息，交流致富经验，范围狭小，内容单一，作用相当有限。我提出应该改为《中国农民报》，提请中央农村工作委员会作为主管主办单位，面向全国农村发行。作为全面反映、指导"三农"工作的重要载体，传达中央精神，指导农村工作，传播农业讯息，呼应农民需求，展示农村风貌，推动新农村建设和发展，真正办成农民朋友最需要、最爱看、最管用的宣传舆论工具。袁老听了非常高兴，高度赞同，表示一定尽全力予以关心支持。只可惜情况变化太快，由于我的工作变动，这个计划仅停留在设想阶段，就胎死腹中了。然而与袁老的那次交谈，却给我留下了深刻的印象。他慈眉善目，轻言细语，非常平易近人。他下榻在一个单人房间，房里仅有两把木质沙发，他硬要让我们坐到沙发上，自己就随意坐上床沿，然后点燃一支烟，像老朋友一样地聊开了天，他那些惊天地泣鬼神、能给人类带来千万福祉的理想目标，比如"要让人们可以坐在禾下乘凉"的宏大叙事等等，就那么不经意地传导给了我们，使我们惊愕不已，大长知识。

如今袁老驾鹤西去，撒手人寰，丢开我们不管了。每每端起饭碗，闻到米香的时候，我总是想到袁老，不知一首小诗，能否表达我对他的诚挚敬意？

（2021 年 5 月 25 日）

读贵平先生诗作感怀

先生佳句大音希,

三日绕梁闻者痴。

诗意怎登高境界?

诗如说话话如诗!

（2021 年 7 月 12 日）

附：朱贵平先生原玉
七律·夏夜校门接孙女感赋

夜色斑斓月色昏,众人簇拥校园门。

探身恰似弓弦折,翘首如同鸭颈伸。

题海揪心孩烦恼,书山压背祖惊魂。

可怜高考综合征,苦了闲人累了孙。

痛悼宗亲贵平先生

幕阜山中君独行,

翩翩风貌自多情。

传经无愧文公后,

护法有承待制名。

铮骨千根融雅韵,

丹心一片化奇声。

斯人驾鹤已西去,

留下诗书两树旌。

(注:先生留有《贵平吟草》《贵平诗文》两本代表作传世。)

(2022年3月18日)

诗情文意贵在平
——序《贵平诗文》

记得六年前的寒冬，我在故乡介石堂为贵平先生的诗集《贵平吟草》写序，刚要写完时，也是回乡省亲的贵平先生来访，二人围炉看雪，把酒听风，叙谈间我预言这是他的第一本集子，先生肯定是一发不可收，期待不久的将来他再出下一本。在那篇序的最后，我写道："今年立春已过，寒冷不可能持续多久了，待到春暖花开时，先生一定兴会无前，又有许多新的诗作出炉，我们将在短信里、博客里、微博里慢慢品尝，一同领略'自在客'的无限风情。"这话仿佛就在昨天，如今终于又一部手稿摆在了我的面前，而且洋洋洒洒数十万言，诗词歌赋、志铭记序、楹联散文样样俱全。认真读来，深感精品居多，可见每首每篇都是字斟句酌，倾注了他许多心血。我真的惊叹于他的勤奋努力，更惊叹于他的才思敏捷，须知这么多的作品，都是他古稀前后所作，无论精力体力，都不能不令人折服。

贵平先生饱读诗书，又曾执教多年，自然各种文体无不精通，但窃以为最拿手的还是诗词。就本书观之，不仅诗词数量超过一半，而且质量也居上乘。贵平先生工旧体诗词，这也是早为他的文友们所认可的。旧体诗词好不好、要不要？尽管众说纷纭，见仁见智，但我还是视为瑰宝，以为只能传承，不可忽视，更不能抛弃。近读朱向前先生的《新中国文化记忆》，写到毛泽东谈诗词，以前只注重了前一半的意思，即"诗当然应以新诗为主体，旧诗可以写一些，但是不宜在青年中提倡，因为这种体裁束缚思想，又不易学"。殊不知他还有一个重要的观点，那就是1957年与湖北省委副秘书长梅白说的："旧体诗词源远流长，不仅像我们这样的老人喜欢，而且像你们这样的中年人也喜欢。我冒叫一声，旧体诗词要改造，要发展，一万年也打不倒！""因为这种东西最能反映中华民族的特性和风尚，可以兴观群怨，哀而不伤，温柔敦厚！"应该说，这段话是毛泽东真实而坚定的诗歌理念，表明了他对中国古典诗词乃至中华传统文化的强大自信。古典诗词有着上下五千年的历史，在中华传统文化中占有不可动摇的地位，我们常讲"中国特色"，其实古典诗词就是最具中国特色的文化之一，在世界文化之林中，真正是一枝独秀，不可替代。那么新诗又如何？自五四以降，新诗兴起也有上百年了，也出现了郭沫若、徐志摩、郭小川、贺敬之、臧克家等著名诗人，可与古典诗词还是难以相提并论。尤其是近几十年来，写诗的多如牛毛，不讲可以流传的少之又少，就是能够让人记住的又有几句？究其原因，似乎又与"浮躁"二字脱不了干系，许多写诗的一味追求数量，刚一出道就出集子，然后自诩诗人，许多诗其实根本就不是诗，只能叫长短句子，而且多是信口驺之，缺少诗味，加上不讲格律，不押韵脚，长短不齐，几同白话，与传统意义上的诗词相去甚远。殊不知新诗虽讲自由，但还是有基本规则的，起码"应该精练、整齐，押大体相同的韵"（毛泽东语）若连这些都丢掉了，那就是自由泛滥了。而如今一说起古典诗词，又被看成是"老古董"，是难懂难学的东西。其实优秀的古典诗词，都是易读易懂易记的，像《静夜思》《独坐敬亭山》《望庐山瀑布》《春夜喜雨》《登鹳雀楼》《悯农》《问刘十九》《山行》《枫桥夜泊》等等，例子举不胜举。我想在文言文的语境里，写出"举头望明月，低头思故乡"之类的诗句，与现代人写自由体的诗歌应无太大的区别。只是古人写诗重意境，看似平淡其实饱含哲理、充满情怀，一首既出，便会如歌似咏，不胫而走，还会潜移默化，引发读者无尽的思考。当然对于古典诗词有些过于严苛的要求是否可以突破，比如合掌、四声八韵、四平头三仄尾等等要否讲究，也是可以商榷的，我相信像贵平先生这样的诗人词人们，也会有更高境界的思考。值得欣喜的是，古典诗词在中国，至今还是生机勃发，经久不衰，正因为有许多像贵平先生这样的智者，执着地坚守，辛勤地耕耘，加上国家的倡导、社会的支持、媒体的推动，我们就完全有理由相信，古典诗词一定会在坚持与发展中高歌猛进，在传承与创新中永葆青春。

读贵平先生的诗文,我常会情不自禁地发出一种感慨,有时甚至于拍案叫绝。因为他在字里行间,总是流露出一种家国情怀,一种忧国忧民、仗义执言的担当精神。这应该与他的儒家血统和长期居于政要岗位有关。作为朱熹的后裔,他自小就接受儒学的熏陶,自有心忧天下的境界;仕途历练,又造就了胸怀大局的思想。尽管退休多年,远离官场,但对社会发展国家前途的关心,他是丝毫也不会减弱的。著名诗人庄严说过:"作为古今中外优秀诗人核心的主体使命意识,就是与自己的祖国、民族共忏悔共忧患,这既是一种世界性现象,也是我国历代爱国诗人的优良传统。"一首诗词,无论赞美抑或批判,首先得有诗人的观点,而这个观点里面塑造的,恰是诗魂乃至诗人灵魂高下的见证。贵平先生的诗词,绝大多数都是对社会现实、对人性现象的观察与思考,或说是对社会、对人生前行路上的烛照,如"古木匆匆移进城,依依难舍故山情。从今尽被车尘染,不见肩头翠鸟鸣。"(《古木叹》)"尽道旅游夸古城,拆新修旧本分明。偶从西摆废墟过,功罪唯闻鸟雀鸣!"(《无题》)"电视无聊广告多,七分卖药两分魔。"(《看电视广告卖药有感》)"田畴鲜见躬身汉,赌桌多闻拼命郎。"(《暮春听鸠鸣有感》)等,也有对反腐倡廉取得成绩的欣慰,"富民强国兹兹梦,打虎除蝇猎猎风。家事每从天下慰,诗心常效灞陵雄。"(《岁末感怀》)在《过某烈士墓》一诗里,他一语道出了心中的玄机:"酒绿灯红流物欲,奈何英烈夜难眠。"看到社会上的歪风邪气,想起埋在地下的无数革命先烈,他怎能不奋笔疾书啊!因此他与他的诗友一样,是"斥腐怜贫真愤怒,嗟卑叹老假癫狂。"(《叹匡金华诗友》)"每叹苍生悲世事,常思热土赋陈词。"(《步张玉清先生韵,兼答谢玉清、仰池、和林诸友》)"我则深感贵平先生是"忠孝心连家与国,仁慈身弃利和名。"(《游九江县中华贤母园》)与《贵平吟草》比较,贵平先生晚年的心态更趋平和,思想更显禅意,诗词中少了尖锐辛辣的成分,多了包容豁达的境界;少了针砭时弊的鞭挞,多了喜忧交织的感慨。通读下来,总觉得字里行间晃动着杜工部、陆放翁的影子。这种感觉,多次令我掩卷深思,脑海里先生的形象更加伟岸高大、可亲可爱,更令人倍加钦佩,倍加崇敬。

贵平先生曾调侃说他写诗词是"玩诗":"混沌世界不云痴,人玩权钱我玩诗。室有雅书尊李杜,心无暇欲笑嫱施。水流任急境常静,花落虽频意自怡。为觅新词循旧迹,吟哦当饭不知讥。"(《玩诗》)而我在学习他的众多诗词之后,却对这个"玩"字感到意味深长,其实"玩"在这里的意思就是兴趣爱好,再往深里说则是志向和追求。一个人,如果能把他所做的事情做到"玩"的地步,那么离成功也就不远了。当然这种"玩"法是有讲究的,是以良好的心态、高雅的志趣和娴熟的技巧,来从事一项有意义的工作,是一种"行到水穷处,坐看云起时"的人生境界。贵平先生"玩诗",有三个步骤:读、悟、吟。我以为关键在于"悟",他悟到了什么程度呢?他说"我想把一首诗比作一个人,词句是人的器官,声律是骨骼和血脉,而诗意则是灵魂。"(见《谈"玩"诗》)这才叫玩出了意义,玩出了真谛。他的"诗魂"前文已经表述过,自是体现了他高尚的人品和博大的胸襟,而他的诗词的"器官、骨骼和血脉",则足见他诗词功力的深厚。这种功力,不仅体现在诗词本身,而且已经扩展到多种古文文体上,比如本书中数量可观的对联,还有一些铭、记、赋、序等等,就既有很高的文学欣赏价值,又是经典的应用写作范文,真是不可多得。

我是一个古典诗词的爱好者,但生性愚顽,写点东西总不得要领,老是犯这犯那的问题,推敲琢磨又缺乏耐心,只能在诗词的门外探头探脑,难以跨进门槛,就连阅读某些古典诗词也往往有诸多阻力感。然而每读贵平先生的诗词,我却有如行云流水,痛快淋漓,一如在读李杜、苏黄。贵平先生的诗词,一个最鲜明的特色,就是放得下身段,不故作高深。讲究平淡清秀,通俗易懂,很少有晦涩深奥的词句,读来异常流畅,朗朗上口。如:"车如群蚁路如肠,远处浮云隐故乡。白发青山相映趣,童心一片寄斜阳。"(《蛇年新春回乡口占》)"老伴情钟佳木斯,闻声合拍扭腰肢。近来不见愁眉相,又见当年一舞痴。"(《老伴跳佳木斯快乐舞有感》)"信步沿江数落花,秋风折柳夕阳斜。扁舟出没风波里,一网鲜鱼一网霞。"(《修江观渔》)而有很多则是看似随手拈来,却又隐含哲理、发人深省的,咏之令人心领神会,抚掌称然。如:"孤灯淡寂读聊斋,犹觉阴风扑面来。莫怨人间多厉鬼,只缘地府妒英才。"(《夜读聊斋》)"山中松柏不知年,炫古称稀味乏鲜。休怨彤云迷野径,且将白发耸高天。满腔忠孝惟魂系,几卷诗书伴枕眠。世事浑如棋一局,旁观坐听鸟鸣泉。"(《七十感怀》)古典诗词也罢,新诗也罢,贵都贵在意境,贵在形象思维。决不在有多深奥,不在用了多少典。如果要说全,那就是:"一首好的诗,立意要深,韵律要工,语言要精。"(贵平先生语)我想,《贵平诗文》一书的问世,无疑又给古典诗词爱好者们提供了一本优秀的教材,也可以说,为中华传统文化宝库增添了一份宝贵的财富。

　　本书付梓之时,贵平先生执意要我再为他作一个序,我想以上文字权当是一点读后感吧,不当之处还请先生及诸多方家雅正。

(2019年11月12日于南昌孤云阁)

步欧阳修《戏答元珍》韵寄在海南避寒养病的欧阳效棉老处长

春风想已遍天涯，
万绿园中早著花。
每忆阳台斟旧酒，
常思别院赏新芽。
想随涛韵退顽疾，
要借椰风送晚霞。
再约冬来同跨海，
别情畅叙尽咨嗟。

（2022 年 3 月 26 日）

念恩师欧阳效棉

后卓军中事，

至今脑际存。

椅蹲云雾吐，

笔落山河吞。

才学效先祖，

谦和比至尊。

毕生无愧怍，

挥手笑乾坤。

（2023年2月5日）

生命中的贵人

人的一生，最需要三种贵人相助：伯乐、良师、益友。如果能遇到集三者于一身的，那就是"命大福大"了。很幸运，我就遇到了这么个人，这个人叫欧阳效棉，我29军政治部宣传处的处长。

我不知道处长是怎么认识我的，素无交集，他一下就把我从一个团级单位调进了军部。正是这个"不知道"，使我感慨万分。中国文化自古就有"关系"二字，而且重若千钧，国人切不可小觑。描述官场生态的俗话不少，其中就有："朝中无人莫做官，厨中无人莫去钻"；"不跑不送，原地不动"。我就是个不跑不送的人，一辈子没有为升官求过人。那时一个军的宣传处缺人，想必是趋之若鹜、踏破门槛的了，怎么却"乱点鸳鸯谱"点到我了呢？后来一看，像我这样出身寒门没有"关系"的还真不止一个，不过都是各师、团德才表现好、业务拔尖的人物。处长在对我们"训话"的时候，道出了他的心意，他说我们选人用人不看出身，不凭关系，只看实力，只要干得好，谁都有前途。希望大家一门心思干事业，不要挖空心思找关系，把我们处里的风气正起来。他那带着浓重的客家话口音，至今回荡在我的心中。

再后来，后来的后来，我终于发现，处长自己就是这么个厌恶"关系"的人，至于他的官场路径，我也不好多说什么，反正他靠着一支笔，"写"到正处后，也就止步不前了。应了那句"物以类聚，人以群分"的话，那时我们宣传处真的是一盘棋、一股绳、一团火，不论做什么，都是一呼百应，一鸣惊人，工作名列前茅，事业蒸蒸日上。这与风清气正是否有关？应该可为研究者借鉴。

如果认为宣传处的工作都是虚功夫，无关紧要，那就大错特错了。宣传处不仅担负着全军宣传思想工作和文化工作的繁重任务，还要担负重大材料的起草工作，这个是军领导们十分关注的大事，没有"两把刷子"是拿不下来的。毫无例外，每个单位都有几个得力的写手，为主要领导写材料，包括大小会议的讲话、向上汇报、总结报告等等，否则即使工作做得再好，也要大打折扣。这个"写手"的培养，很大一部分就是在宣传部门完成。欧阳处长自己就是从一个小干事一步步成长起来的，那手功夫特别了得，从他手里出来的材料，军长政委总是一稿通过，还经常赞许不已，后来简直到了"药不过樟树不灵"的程度。当然这个差事的苦衷也是难以言表的，那时处长总是一上班或是一到晚上，就蹲在他办公室的那把藤椅上，一个半天或者一个晚上纹丝不动。他习惯于蹲而不是坐，他的"蹲功"也是十分了得，双脚踩在椅子边上,脚跟紧挨着屁股,上身拱起,下巴搁在膝盖上。右手握笔,在一本特大的方格纸上移动;左手点燃一支烟,接在一根黄杨木烟嘴上,一任烟雾袅袅升腾,熏到他的脸上,直把脸形熏得扭曲,把眼睛熏得眯缝。若是需要翻纸时,他就用牙齿咬住烟嘴,顺带狠狠吸进一口,随即喷出一团浓浓的烟雾,一篇材料就在烟雾中慨然出笼。

应该说他的这种写法是可悲的,长期的伏案外加吸烟,最终还是把身体搞垮了,60岁不到就得了肺气肿,一入冬就是他的受难日,久治无效。儿子孝顺,在家庭经济并不宽裕的情况下,很早就为他在海南购买了房子,使他赖以躲过寒冷,能在较为温暖的环境中苟延残喘。这样挨了十多年后,终于在75岁时,以并不很老的年纪告别了人间。作为他的得意弟子,我还算较早醒悟,40多岁时下决心戒烟,50岁上设法放下了手中那支撰写公文的笔,像一条鱼儿,跃进了文学的江湖,自由自在地畅游。

怎么描述我的这个处长呢?瘦高个,书生相,一身善气,一脸慈颜。可以说,光从外表看去,他就是个好人。他比较内向,不善言辞,对人总是笑眯眯的,极少看到他发脾气。但由于他为人忠厚,待人坦诚,又能以身作则,苦干在前,所以总是不怒而威。记得刚到处里的时候,有一次我起草的一份材料交到他手里,他用了一个晚上帮我修改,第二天他把我叫去,问我:"朱法元你怎么搞的,是没有想好吗?"问时脸上还带着微笑。我接过一看,他用的是红笔修改,那材料上密密麻麻圈圈点点,成了一片红色。我当时无地自容,回去反复琢磨,看到他改稿的精到之处和良苦用心,心中对他佩服之至,不觉肃然起敬。

我似乎悟出了什么才是待人之道。人之相处,重在情义。因工作岗位、职责不同,固然有管理被管理之分,如何管理则颇有讲究。将心比心,慈悲为怀,响鼓就不用重锤敲;而搞暴风骤雨、大水漫灌式的批评指责,则会损枝折叶,伤人自尊,效果不一定好。处长的这种言传身教,对我的影响极深,受益匪浅,在后来几十年的领导岗位上,就像一架闹钟,经常给我提示,教我不得头昏。

孟子说:"君子莫大乎与人为善。"与处长相处,我既有"见善如不及"之感,又有"众乐乐"之慨。他抓工作一丝不苟,要求甚严,生活中就像我们的老大哥,俨然一个慈善的长者。他自己喜静不喜动,以烟茶为酷爱,却愿意看着我们在他面前打闹。工作之余,我们喜欢聚到他的办公室里,抽烟聊天。他的烟根本就不需要给,谁进去都是随手抽取,毫无顾忌。有时我们几个出差回来赶不上饭,便跑到他家,他夫人老黄赶忙炒菜,他就悄悄拿出一瓶好酒,等到我们吆五喝六的时候,他蹲在椅子上,嘴里衔着香烟,饶有兴味地观"战",偶尔加入,插上一两句,也是随即打住，总是以听为主。那样子，就像是一个慈祥的父亲，在欣赏着子女们的家常谈话，充满了开心，洋溢着幸福。

我们在一起的时间并不长，几年之后，军队改革，百万大裁军，我们29军被裁掉了，我们便各奔东西。直到晚年我也在海南买了房，过起了候鸟生活，机缘巧合，又与欧阳处长度过了一些难忘的日子。那时他已病入膏肓，行动极为不便，起先只能在小区院子里慢走散步，严重时不能出房，常靠吸氧维持生命。我们夫妇俩就天天往他家跑，陪他溜达，陪他吃饭，和他一起回忆往事，沉浸于金戈铁马时光，也和他笑谈国之大事，聊发老年之狂。处长显然也很惬意，偶尔我们去晚了，他就会站在阳台上或是小区院子里观望，远远地见到了，他总是笑容满面，挥动手臂，缓缓地向我走来。有时我去不了，必得打去电话，他似乎有点失落，挂机前从不忘问一声："那明天能来吗？"

庚子大疫，延至翌年，因封城路阻，我一个冬天没有去海南，去冬又因琐事未能成行。我们在电话里多次设想行期，不料竟成永诀。我还曾想陪他去一趟儋州和文昌，去看看落难的苏轼和发迹的宋家，痛惜不能实现，成了我终身的遗憾。

（2023年4月21日）

步韵恭和傅占魁先生《2022迎新感怀》

又是一年瘴似山，
愁颜总把山河看。
小虫肆虐心犹苦，
大器横飞胆更寒。
天要制人人有过，
人非知病病无丹。
会当盼得生灵醒，
人息祸殃海息澜。

（2021年12月24日）

依韵和胡区元先生《闻省府静态管理三日》

挥戈抗疫力千钧,

下护其骑上护身。

多做核酸驱野鬼,

少离居室保家人。

通知频发措施好,

身影穿行大白亲。

更有诗家情入梦,

牵来旭日照清晨。

（2022年4月22日）

附：原玉

新冠反复历三春,闻道南昌又禁身。

烦恼不思添堵事,艰难岂做躺平人？

非唯山水聊堪乐,自是诗书最可亲。

雨燕翩翩莫相妒,晴光与我共清晨。

题南昌青苑书店

十月暖阳青苑铺,
墨香淡雅桂香疏。
俊男靓女翻新纸,
老树虬枝抚旧庐。
充耳似闻穷理否,
专心犹问笃行无。
莫愁前路无风景,
还有少年爱看书。

（2021年10月31日）

依韵奉和冯柏乔先生《贺谈锡永上师八十八荣寿》

稀里糊涂几十年,

平生总是在观禅。

也曾登岳沐灵气,

却未遂心结善缘。

望断五洲寻去路,

蘸干四海写残篇。

祈求世上僧皆寿,

渡己渡人向净天。

（2022年5月13日）

附：原玉

青灯白发两经年，隽语毫端总入禅。

去妄方能求本性，净心始觉证因缘。

金刚侠影深般若，藏汉遗风宁玛篇。

眉寿祝公遥拙笔，何时秉烛回尧天。

贺"神十四"载人航天发射成功依韵和刘杲老

奋起直追世界殊,
睡狮既醒看前途。
冲天一啸傲穹宇,
唤起群仙鼓与呼。

(2022年6月5日)

附：原玉

纵览太空风景殊,
中华儿女上征途;
神舟一箭九天外,
老朽追随振臂呼。

注：刘杲先生为中国编辑学会老会长，著名出版家。

步韵恭和黄君兄《新居"衡庐"志感》

只缘舔犊大慈因，

却得"衡庐"又日新。

看尽人间花带雨，

不知何处是岩滨。

（2022 年 9 月 2 日）

附：原玉

客路甸侯未了因，

将雏却寄雍阳新。

彭湖秋远怜归雁，

地接衡庐到海滨。

蝶恋花·寄旧友

又是冬来忆旧友，

眨眼别离，便似千年久。

思念恰如刀下韭，

漠然夤夜对星斗。

记得少年风物否？

缘分终无，长恨不同走。

但愿来生一枕有。

芙蓉绛洞再牵手。

（2022年10月22日）

遥祭星云大师

宝岛仙踪何处寻？

佛光山上有星云。

德辉千里山川照，

善溥万年世代闻。

正见正行偈语辟，

给人给己信条殷。

虚云之后谁能继？

天教江都出国深。^(注)

注：星云大师出生于江苏江都，俗名李国深。

（2023年2月8日）

春游佛光山

龙年访问台湾，令我感慨最深的，还是一个政坛之外、位居岛上佛教界之首的人物，他就是高雄佛光山的开山宗长、临济宗正宗传人、赫赫有名的星云大师。

对星云大师我是久闻其名，如雷贯耳，早些年曾拜读过他的《包容的智慧》一书，甚为敬佩。他的"出世则有正见，入世则有正行"的偈语，一如清冽甘霖，让人心身善美。能见到他的真身就已心满意足了。不想见面之后，他的一番高论雄辩，又令我大长见识，叹为观止。

那天高雄市正是雨后天开，风和日丽，星云大师在佛光山寺的迎客堂接待了我们。老法师仙风道骨，鹤发童颜，慈眉微涨，善目稍眯，甚显富态的魁梧身材上，穿着一袭黄色袈裟，颇有从天而降之神韵。一坐下，老法师就打开了话匣子，口若悬河，侃侃而谈。他从他的贫寒出身讲到修行的艰难历程，从佛教的"五蕴皆空""度一切苦厄""无缘大慈""同体大悲"讲到"给人信心、给人欢喜、给人希望、给人方便"的佛光山四大信条。谈到两岸关系时，他更是坦陈观点，细说根由。而且还提出了很多振聋发聩的思路。比如他反复讲到，只要两岸都致力发展经济，革新政治，到时就会自然走到一起了。他还对大陆方面的一些做法提出了积极的建议，比如他说大陆来台湾采购水果，就不要光找那些大户，不要只走上层路线，"你买了他们的东西，只有几个人叫好"。而应该面对广大果农，特别是台南的果农，要让好处普遍得到，这样就有了亲近感，自然就会消除对立情绪。

"何乐而不为呢？"说到这里，大师爽朗地大笑起来。

我们亦会意地大笑起来。

我久久地回味着这次会谈的含义。我当然十分钦佩这位佛家长老，他立派于佛界，弘法于全球。他创立的佛光教派已几乎遍布世界各地，弟子无以计数；他首倡佛教通俗化大众化，把佛教理论与自身实践相结合，撰写了多部著作和通俗读物出版，深受广大信徒的喜爱。我更钦佩的是，他数十年如一日，始终保持佛家圣地的纯洁，从不受铜臭的污染。他的清贫坚守尤其令人敬佩。可没想到的是，作为一个出家人，竟也对国事如此热衷，且有如此颇具深意的见解，如此头头是道的阐述，教我对他、对他所处的环境氛围，又多了一层敬意。

（作于 2012 年 7 月 12 日）

答谢挚友惠赠

友人盛意赠门海，
义满明堂福满房。
赏画青花山水秀，
观鱼迷你锦鳞徉。
檐前把盏念兄弟，
天外行云忆故乡。
最是真情如翠竹，
一枝一叶尽芬芳。

（2022年12月8日）

贺廖建华先生《伏枥轩吟集》付梓

杏林之后入词林，
妙手仁心妙笔情。
伏枥犹怀千里志，
涪翁故里听嘶鸣。

（2023 年 5 月 21 日）

第四辑

静处之悟

老之既至，感慨良多。风雨雪霜后，山水洗旧尘。人情阅尽秋云厚，世事经多蜀道平。

　　静处陋室，闻香品茗，观窗外花开花落，云卷云舒；观内心心如止水，无物无尘。

　　回首往事，哑然失笑。

　　笑常言"人生苦短"。生命在于意义，不在长短，但求心安，何苦之有？

　　笑争高论低，意气方刚。开怀看宇宙，放眼量时光，人生无非一弹指，亿年不过一瞬间，一切争斗，皆归乌有。

　　笑得失忧喜，肆意猖狂。人之所得，得在愿失；人之所失，失在贪得。明此真意，方为真人。

　　此为静处之悟，可喻世人。

修水谣

　　噫欤唏，黄龙山高一千五百米，鲤鱼朝天歌穹宇。修河一跃七百里，奔流直下入彭蠡。左幕阜，右九岭，夹岸田畴生兰芷。君不见，八卦图上八条边，阴阳五行有因缘。凤凰山下腰带水，西来东去载八贤。诗书开派唯山谷，宦海沉浮看等闲。桃里一度桃李硕，陈门五杰其华灼。两朝帝师出汤桥，一代战将倚天岳。君不见，惠南三关有玄机，从此禅宗创新纪。恣蚊饱血孝成道，净明一派吴仙里。秋收起义诞军旗，惊天动地风雷起。君不闻，华夏重响古琴音，阜西一指还乐魂。江南云腴翻新韵，宁红出世两夺金。全丰花灯天地照，宁河古戏高低吟。修水美，美在多美女，宫妃遗落在山里，姑哩个个花带雨。修水美，美在美食奇，饣召子出锅神仙馋，菊花茶香飘万里。这才是，西释东道儒居中，红色源流发县城。琴茶书画加戏曲，美女美食传美名。美哉大修水，人见人爱叹观止。傲立江南五千年，雄踞吴头翘楚尾。安得撩开面纱展英姿，敢教瀛洲不能比。诗仙若是骑鹿去，访遍名山醉寒玉。

（2023年6月9日）

修河渔舟

春到修河日气佳,
清波灿灿映红霞。
渔夫楫动轻舟出,
一网撒开万朵花。

（2023年3月27日）

修河观钓

西摆坡前看碧水,
南崖脚下听松风。
平生若有修来福,
愿作宁河一钓翁。

（2018年4月10日）

纪念查阜西诞辰 127 周年古琴雅集抒怀

又是金风生玉露，
群贤雅集在山楼。
一弦拨动修江水，
直下鄱阳醉晚舟。

（2022 年 11 月 7 日）

话说修水人

修水是个出名人的地方,这从蜚声中外的黄庭坚、陈寅恪两个历史文化名人身上就可以得到佐证。据不完全统计,修水自有科举的隋唐时起,至清后期,共出进士382名,作为一个地处偏远的县来说,虽不算很突出,恐怕也不是个小的数字。光是黄庭坚故乡杭口双井一个家族,在宋一朝就出了进士48名,这在其他地方是不多见的。

至于为什么修水历朝历代各种名人层出不穷,且先后走出了黄庭坚、陈氏五杰这样名冠天下的大家?说法很多,至少有"山水养育"说、"地缘优势"说、"穷则思变"说,甚至还盛传有"妃子后代"说,等等。山水养育说当然有理。这里山清水秀,奇峰异岭遍布西东,小溪大川梭织南北。朝承天地之灵气,夕饮乾坤之甘露。孕育不出杰出人才才怪呢!地缘优势说也有道理。这里地处湘鄂赣三省边界,幕阜、九岭两座山脉纵贯全境,虽然离武汉、南昌、长沙等大城市都较远,但属三省九县的中心位置,在古时以驿道为主的交通环境下,这里还是一个地域的集散地,无论经济、政治、文化等信息,都有先声夺人的优势。较之一般地方而言,人才也就自然活跃多了。穷则思变说应是最实在的。要说偏,修水真是偏得出奇。这里被重重山峦包裹着,离周边大中城市全在300公里以上,且翻山越岭,崎岖难行。东西南北,哪条国道都不经过修水,铁路、机场就更不用提了。修水又没有可供开发的资源,所以专为此地修条路的梦想也就难以成真了。直到目前,也才有一条高速公路踏了修水一点边。穷就更是穷到了底。从老辈人的口中,我们听到的几乎全是穷的故事。由于资源匮乏,交通不便,这里工业一直都难以发展,光靠山地耕作,只能在贫困线上挣扎。至今修水还和很多地方一样,多数农民仍在背井离乡靠打工谋生。可想而知,古来有多少热血儿男是悬梁刺股、凿壁囊萤,求得跳出山沟、飞黄腾达的啊!名人不也就这样涌现出来了么?至于妃子后代的传说,均为野史闲谈,应无甚依据。即便确有什么李自成、洪秀全们败落江南遗留一群妃子在此,也不可能繁衍出几万几十万聪明绝顶的后代吧?

依我看,任何一个地方,出名人也好,出人才也罢,风水灵秀、信息畅达等外部条件都是需要的,但绝对是次要的。主要的还是天才、勤奋加机遇,三者缺一不可。探求名人的成长轨迹,无不说明了这一点。比如著名的抗蒙名将余玠,就是"靠实功夫"立业,"一柱擎天头势重,十年踏地脚跟牢"。宋高宗表彰工部尚书莫将:"先王事于家事,夙负勤劳;视国艰为己艰,弥昭贞亮"。广南经略安抚使冷应徵有《述怀》诗曰:"仁廉两个字,忠孝一生心。出省轻侯印,归宁问俸金",他的著名格言是"治官事当如家事，惜官物当如己物"。试想这样的廉能官员，无论古今，不都是难能可贵的吗？

值得指出的是，修水名人（应该包括好多不是名人的可贵人才，姑且简称"修水人"罢），有一个共同特点，那就是倔强的性格。具体说就是无论做官从文，抑或经商务工，都是凭本事打天下，从不搞攀龙附凤、巧取豪夺、投机钻营那一套。事业成功了，就利用自己拥有的平台，努力做出业绩；不成功就另辟蹊径，走自己的路，宁可穷困潦倒，也不弯腰求人。这方面最典型的例子当然要数陈门三代了。陈宝箴靠经天纬地之才，以成功护卫义宁府（即今修水）的奇功，赢得了朝廷的信任，直至官居湖南巡抚。在巡抚任上，他励精图治，践行新政，成为名耀中华的一颗新星。后因参与戊戌变法而被革职，继而被慈禧赐死。从头到尾，他没有一点讨饶求赦的意思，毅然率家带小，结庐豫章，最后奉旨饮鸩而亡。他的儿子陈三立有感于父亲的沉痛遭遇，誓不为官，由当年"倜傥有大志"的"义宁公子"华丽转身，成了精舍笔耕的"散原老人"，潜心研创诗文，终于开创了著名的同光体诗派。晚年因对抗日伪统治，拒不任职，绝食而死。特别是其孙辈陈寅恪，真是学贯中西才高八斗，可就是他那个倔强的性格，叫人击掌叹息。留学十几个国家，光语言都掌握了20多种，竟没有拿到一张文凭，哪怕只要等几个月半年都不耐烦。他的理由就是：留学的目的是学到知识，而不是拿文凭。回国后，据说蒋介石要他写一部唐史演义，他看出这是蒋要借以为自己涂金抹彩，变相的树碑立传，他决然拒绝。后来蒋要把他送去台湾，许以高官厚禄，他不为所动，坚决留在大陆，为新中国服务。就是在他的有生之年遭到了不公正待遇，以致难以正常发挥作用，只落得个"著书唯剩颂红妆"（指他编著的《柳如是别传》），其满腹经纶只为社会贡献了万一，几乎全都胎死腹中，也不改初心，坚守本性。像这样的"倔"劲儿，屈指数来又有几个？

　　修水人的"倔"劲儿体现在官场上，有两个鲜明印记：忠诚与刚烈。也许是深受儒家思想熏陶的缘故，修水人的"忠君"观念很强，当然这种"忠君"主要是指忠于国家人民，是"民为重，社稷次之，君为轻"。修水人总是信守"食君之禄，忠君之事"的信条，所以修水人往往需要有识人者赏识，一旦被信任被重用，则能肝脑涂地在所不辞。而倘若被人怀疑或是被看轻了，修水人要么拂袖而走另谋新就，要么埋头发奋一鸣惊人。刚烈则是修水人仕途艰险且多中途夭折的致命之处。耿直率真的本性，促使修水人在认准一个事情之后，便旗帜鲜明地"认死理"，坚持自己的观点不改不悔，哪怕导致自己吃大亏遭大难。大名鼎鼎的文豪黄庭坚又是一个绝好的例证。他因出类拔萃的品性和才华进仕入宦，又因关注民生疾苦、卷入王安石变法及其党争漩涡而屡遭贬谪。古时朝廷对官员的处罚，其中就表现为对其安排离京都越来越远。请看黄庭坚的做官路线：最先是河南叶县县尉，接着是江西泰和知县、平镇（山东商河）监镇压官。中间有过一个得意的时段，任过朝廷的几个刀笔小吏职务。以后依次是涪州（重庆涪陵）别驾、黔州（四川彭水）安置、戎州（四川宜宾）安置。此时昙花一现，任过9天的太平（安徽当涂）知州，最后还是羁营宜州（广西宜山），彻底罢官不说，还被软禁起来，结果以61岁的年龄，凄惨地死于宜州贬所。尽管一生如此坎坷，身心受到极大折磨，他却毫无悔意，矢志不移。对于为官之时的深入百姓体恤民情、力拒苛政为民请命的做法，他从不因自己的进退而改变，哪怕因此招致同僚挟私报复遭贬挨整也无所谓。自己的满腹经纶在政界用不上了，他就转而修道励文，潜心诗书创作，终以诗词开宗立派、书法位列宋朝四杰的千古伟业载入史册。现在看来，这又是封建社会逼官为文的一个绝例。设若黄庭坚当时不遭贬谪，顺行官场，那么流芳百世、绝无仅有的江西诗派、黄体书法也就没有了，岂不是中华文化的巨大损失？回头再看入仕者，即使官至宰相尚书、封疆大吏，又有几个是能名留青史的？就连位列至尊，当了皇上，绝大多数还不是"荒冢一堆草没了"？谁又认得出几个呢？

由此细究之，一切有才华有作为的人，都需要保持一种刚烈，亦即文化人的独特风骨：信仰真理，坚守气节，傲然于世俗，豪放于人间。

　　提及修水人的这些特性，其愿景还是在于寄语后人，通过学研先贤，考量自己应该如何立身处世，做事做人。以我之心得，修水先贤的身上，那些刻苦求学、发奋上进的精神，那些精心待事、诚信待人的品格，那些刚正不阿、顶天立地的秉性，都是值得我们学习并发扬光大的。我相信，当今80万修水儿女，一定能够青出于蓝而胜于蓝，以更加厚重的德望、更加杰出的品行、更加辉煌的业绩，彰显出更多更好的名人。我们热切地期盼着。

（2011年8月6日作于南昌孤云阁）

观中国女排里约奥运夺冠有感

十二年来又夺金,
方知拼搏是精神。
探源要到深层次,
体制创新有异功。

（2016年8月21日）

丙申重阳有感

重阳不见菊花开,
秋日秋风洒露台。
遥看长空飞鸟尽,
孤云一片独徘徊。

（2016年10月9日）

居海南岛闻内陆雾霾严重叹怀

聊寄天涯享晚年,
又闻内陆雾霾缠。
何当舀起南溟水,
洗净长空还秀川。

(2016年12月17日)

附：打油诗

躲开雾霾，来看大海。
孤单一人，沙滩徘徊。
想念朋友，满腹感慨。
想喝两杯，无下酒菜。
海鲜不吃，痛风厉害。
海里泡澡，倒也开怀。
作文码字，无处可卖。
这样过活，也好也坏。
思来想去，呜呼哀哉！

（2016年12月17日）

三亚迎春

星移斗转又逢春,
海角天涯慰老生。
陋室一间涵海韵,
禅茶数盏唤椰风。
浅滩总见游人面,
深海时闻搏浪声。
了却平生烦恼事,
心无挂碍向慈城。^(注)

注:慈城代指南海观音居所。

(2017 年 1 月 25 日)

元宵感怀

我观海上月,

月照山中人。

人恋不眠月,

月明我不眠。

（2017年2月11日）

三亚湾记

予观夫海南之妙，在三亚一端。衔南溟，揽三沙，风云播撒，浪涛收纳。虎视眈眈慑群岛，气势泱泱压大洋。居斯地也，则有跨踏之雄慨，敢发少年之狂悍也。

若夫严寒冬季，斯地温暖如夏。艳阳披肩，薰风扑面，蓝天绽笑，碧水欢歌。不染毒害，不遭雾霾，呼甜吸美，吐浊纳清，渴饮甘露，饥餐蔬鳞。居斯地也，则有仙境乐土之愉悦，世外桃源之惬意也。

而三亚之珍，则集于海畔数湾，数湾之最，又非三亚湾莫属矣。其湾西连判水，东接情山，观音佑其南，凤凰翔其北。形似新月，状如镜台。金沙成滩，绵延数十里；椰林排岸，接踵千万株。细浪携柔情蜜意，把滩头吻遍；涛声吟风花雪月，将蕾果催醒。良湾之畔，游人如织，远观如画中七彩，近看似园内百花。撩波弄潮，健儿水上飞臂；垒山筑城，童子沙国开怀。更有娇娃入水，美人出浴，忘情恣肆，英姿万千，引来鱼儿绕蛮腰，可有龙子窥玉体？

予尝登高望远，目及波涛深处，抑或踏沙漫步，耳闻浪尖细语，常有心飞神驰、感叹顿生之慨。海之辽阔，可纳万川；海之涵养，可藏龙鲸；海之胸襟，可载巨轮；海之慷慨，可献奇珍。想其容量，何其大哉！若以人类较之，顿觉遥距千里，立离万仞，叹为羞惭。前眺南海，风起云涌，霸来道应，势临力驱，是大洋虽阔，难容共存乎？后顾华夏，雪冻霾生，生态糟践，气候极端，乃竭泽而渔，贻害后人哉！再思世间宵小，或嫉贤妒能，或损公肥私，或尔虞我诈，或甘居夜郎。皆因器狭度小，鼠目寸光，仁义尽失，居心不良。若以海量较之，岂不愧乎？

想无论国抗，抑或地争；无论友仇，抑或亲怨，皆为得不偿失、两败俱伤之举，常致损人而不利己、百害而无一利。若能有海纳之量，海涵之襟，不怀诡异，不计权宜，则四海安然，生灵得利，大同可期，环球无恙矣。此尧舜谦谨、文武德治、老庄无为、释弥虚空之境也。遵则祥发，违则灾生。上溯千载，横顾万方，宏览国祚，微观元元，盖无能超此律之外者也。

噫！吁斯时，善消恶长，已历数千年，纵是海啸天呼，怎拓人之心量？呜呼，观潮依旧，默与水归。

（2016 年 12 月 30 日）

己亥回故乡逢重阳感怀

重阳今日叹彷徨,

年甚一年鬓发苍。

山遥水远亲难遇,

错把故乡当异乡。

无题

叶红水绿进深山,

来去匆匆不得闲。

故乡亲友难相见,

寄意全凭朋友圈。

（2019年11月17日）

庚子春观诸友登黄龙山只角楼照片有感

前年曾做黄龙客,
遗憾未登只角楼。
一照春光无限景,
如闻二葛丹香稠。

（2020年5月2日）

题照

一树梨花带雨开,
无朋无伴独徘徊。
飘然玉女从天下,
万种风情入世来。

（2017年4月30日）

病中吟

人生莫要太辛苦，

一病呜呼万事休。

触目窗前景好看，

伤心枕上痛难除。

屡违亲友山东约，

总想灵丹北海求。

安得平生无疾患，

箪瓢食饮亦无忧。

（2017年12月）

附：打油诗

清明前后，种瓜种豆。

城中无地，挑土上楼。

老夫闲人，打发无聊。

初心还在，重拾沉钩。

精耕细作，颇有情调。

流点汗水，吃点酒肉。

想着收成，甜在心头。

俯视楼下，甲滚蚁走。

抬头看天，风唱云游。

菜已栽好，我去打油！

（2018 年 3 月 31 日）

也说七夕

七夕原来非节庆,
鹊桥上下是愁云。
凡人不解神仙事,
好坏从来两不分。

（2021年8月14日）

秋思

秋风秋雨后，
漫步抚心园。
果熟带羞靥，
花开展笑颜。
残云隐北岭，
黛色照南天。
恍若南无境，
居中最坦然。

（2018年8月26日）

偶得

身在南疆享艳阳，

又闻故地雪飞狂。

寒中有景暖无趣，

熊掌与鱼难共尝。

（2018 年 12 月 30 日）

清平乐·居三亚过春节

楼帷少趣,

看海掀潮汐。

又是一年辞旧岁,

过客依然戚戚。

俄而俯首少顷,

梦中去日风情。

醒了慨然自问,

何方可系浮萍?

（2019年2月5日）

医思

圣手千方闻杜仲,
仁心一片喊当归。
俊才官宦芸芸众,
谁敢开言不要医?

（2019年9月5日）

观蓝天流云有感

看似没流实在流,
高天一片白丝绸。
抬头难得一时喜,
风去霾来又是愁。

（2019年12月4日）

闻获批加入中国作协

习文码字为黎庶，
问道从来不问功。
花甲五秋闻报子，
原来范进不须疯。

（2019年6月26日）

头衔

年过六十有五，我加入了中国作协。

那年，正在三亚的寓所过冬，好友J君打来电话，劝我申报，"不管能不能进，又不用费什么力的，只当是玩一把而已。"他知道我早就不愿意去争一些名呀利呀的东西，故意说得很轻松。

我自是大为感慨，须知彼时我已是退休逾五年，早已淡出江湖，安度晚年的人，还能如此真诚地想帮我挣得一个头衔，那友情的深厚纯洁当然是不用说的了。不管能否获得批准，我若再要推辞，那就是对朋友太不够意思了。

其实我真的够不上作家的称号，顶多算是个杂家。

喜欢写是我的天性，早在少年时期，我的业余时间基本上就是两件事：读和写。几乎到了见字就看、见书就读的地步。读多了就想写，最先是为人民公社的广播站供稿，因为写的人太少，不管我写得好不好，写多少采用多少。也学着写小说、诗歌，当然都是自娱自乐，除了我自己，再无第二个读者。

我一直笃信爱因斯坦那句话："兴趣是最好的老师。"一个人只有对一件事产生了浓厚的兴趣，才能去努力做那件事。兴趣愈浓，做得愈努力，成功率愈高。

后来到了部队，发现每个部队都有个报道组，专门写新闻的。于是我成了其中一员，名称是业余，工作是专业，直到写成部队的新闻干事，人称"土记者"。新闻写得正起劲，领导一声号令，我又改行写起了材料。关于这个材料，就很有意思了，至今所有的工具书中，好像还没有专门解释"材料"一词的这一层含义的，可在社会生活中，写材料已经成为一门职业，而且是异常重要的、一般人难以企及的特殊职业，在各级各单位里面，俗称"写手"。这种职业级别不高，地位不低，相当抢手，且上升空间无限大。这种人所写的材料都是些什么东西呢？很杂，有总结材料、汇报材料、经验材料、下发材料，等等等等。最多最要紧的，是领导讲话材料。

　　一个人，一旦当上了领导，"讲话"就特多特重要，要想讲得好就需要有人帮他写得好。可要想写得好谈何容易？个中苦衷只有写手自己清楚。结果呢？当然也不能同日而语，有的写得风生水起，得心应手，平步青云；有的写得精疲力竭，苦不堪言，举步维艰。

　　时来风送滕王阁，运去雷轰荐福碑。写材料既然是个苦差事，那么到了一定的年纪就写不动了，只能改弦易辙，我于是一头钻进了故纸堆。这才重拾初心，重新搞起了文学创作。可这时已是时过境迁，展望文坛，早已今非昔比，文风大变，我的那点从前练就的传统写法，越来越不合时宜了。写了不少，好的不多。出了几本集子，自己翻阅起来，到处都是遗憾。偶尔能有一点为人称道的东西，还怕是别人为慰我心，对我的奉承鼓励，往往诚惶诚恐，愧不敢当。可见我这个"作家"头衔，实在勉强得很，与其他文体写作一样，都是半桶水，充其量是个"球队里面戏唱得好，剧团里面球打得好"的角色。

于是想到了许许多多的"头衔"。头衔本不新奇，古今中外皆有，无非是对一个人的官位、学位抑或名誉的称谓。就像座山雕对杨子荣说的，"我们是国军，总得有个军衔吧"，于是封他个上校团副。随着社会的发展，头衔也在与时俱进，越来越多，越来越复杂。不仅官衔、学衔的种类众多，应有尽有，社会上的头衔已是五花八门，令人眼花缭乱。比如一个理发店，其理发师傅就由低到高分为：助理、技师、高级、特级、总监、督导、首席等等。特别是现在各种协会、学会多了，从会员到会长，头衔一大片。设若七十二行都如此，哪里装得下？

对这众多的头衔，有的人兴趣不大，认为人生价值还是在于为社会做贡献上，头衔大小或有无都无所谓。比如范成大有诗曰："手板头衔意已慵，墨池书枕兴无穷。"（《客中呈幼度》）可偏偏有些人却特别热衷头衔，"纡朱喜换头衔旧，衣锦荣归鬓发新。"（洪希文《朱千户自京归》）现代有些人尤其把头衔看得重，一辈子都在争头衔，在位时争官衔，退休后还要争个虚衔，自我介绍中什么会员会长一大串，其实没啥实际意义，满足个虚荣而已。更有那些德不配位的，挂了好些个头衔，肚子里却没什么墨水，一出手就出丑，留下把柄叫人诟病。这样的头衔戴在头上有害无益。

还是J君的那句话点到了我的痛处，写作对于我来说，就是建立在"玩"的基点上，以开心为好，以一吐胸中块垒为重，不必计较名利得失。因为兴趣所致，便成了爱好，既是爱好，做起来就有了原动力，就会兴致盎然，不能自已。一如喜欢玩牌搓麻者，抑或贪杯豪饮吞云吐雾者，均为不可思议，却又是那么顺理成章，无可非议。

现在加入了中国作协，戴上了"作家"的头衔，我的这一写作"职业"，恐怕是要延续终身的了。君子立言于世，善莫大焉，管他有无头衔，诗文照作不误。

（2019年7月1日）

西江月·辛丑思亲

庚子疫情肆虐,
全球一片哀声。
心忧远足隔洋女,
终日心神不宁。

借问老君太上,
何时丹赐苍生?
希期一扫阴霾时,
跨步天涯欢庆。

（2021年4月29日）

遥寄

远行他国育儿孙，

突遇疫情举世惊。

纤手独擎新昊宇，

丹心力捍大乾坤。

世间定数人难料，

人力潜能世可陈。

耐得风霜雨雪苦，

霞光万道喜迎春。

（2021年4月29日）

辛丑寄怀

瘴气不除心不安，
思亲总恨大洋宽。
每开屏幕心头暖，
常入南柯枕上寒。
不得天师山里药，
恨无老子炉中丹。
万千亿众同声问：
何日凤凰再涅槃？

（2021年12月26日）

壬寅念女

斗浪驱风衣带宽,
越洋生计太艰难。
老翁日夜思娇女,
梦里依稀见木兰。

（2022年4月29日）

题蜗牛

负重攀爬天地游,
无来无去无忧愁。
但求览得好风景,
何惧风摧雨打头?

（2020年5月2日）

静夜思·依陈宝箴《送厨工》韵

人皆畏苦食贪甜,
甜到尽头口味偏。
常以此题官德叹,
福因清淡贵因廉。

(2020 年 5 月 18 日)

附:原玉

嚼来确是菜根甜,
不是官家食性偏。
淡泊生涯吾习惯,
并非有意钓清廉。

抢拍黄龙山火云题照

千古奇观云火焚，

一团烈焰起黄龙。

莫非鬼魅惹神怒？

明烛一挥天地红！

（2020年6月4日）

山村自拍《晨曦月色》题照

寅卯苍天暗，

山河恍惚间。

曙光追晓月，

一抹展新颜。

（2020年8月15日）

感怀九江新华书店赠书九江理工职业学院

拓荒籽入泥,

嗷嗷向天地。

脱颖待新雨,

萌芽思瑞气。

欣逢雪润土,

再得壤生硒。

圃苑熙熙日,

壮苗沃野移。

（2020年10月22日）

菩萨蛮·滕王阁

赣江八百奔彭蠡,

冲开千载南来水。

颔首问滕王,

阁前多少伤?

子安魂入海,

笔下叹无奈。

霞落蔽天霾,

不闻孤鹜哀。

（2021年1月5日）

拙作"幕阜叙事"之《天脉》《山魂》两书出版有感，步先贤涪翁《寄黄几复》韵

有心报国扶黎庶，

无略无谋恨不能。

文弱只堪寻热字，

年高尚可伴孤灯。

几攀《天脉》劳神祇，

再铸《山魂》尽股肱。

借问菩提何处是？

黄龙山内有虬藤。

（2021年5月7日）

冬日喜雨

夏起连天旱，
入冬方降霖。
挂檐如素练，
击石若金音。
裂土开怀饮，
渴禽引吭吟。
颔思灌爵苦，
余悸尚存心。

（2022年11月17日）

壬寅大旱感叹

都言春雨贵如油，
岂料夏秋亦渴求。
数月连干无滴水，
百河渐竭剩微流。
江南已是先遭难，
塞北无非后发愁。
天要训人天不语，
巴蛇食象有缘由。

（2022年10月21日）

客居澳洲有感

北人南走两重天，
跨越寰球非等闲。
寒去暖来通体爽，
花开果落透心甜。
白云片片飘歌赋，
海浪声声奏管弦。
都说天堂无限美，
不知此地好修仙。

（2023年2月28日）

身居澳洲遥望故乡感叹地球之奇妙

万里山河万里云，

寰球四季怎区分？

春风刚过悉尼港，

吹到鄱湖秋已深。

（2023 年 9 月 15 日）

在悉尼过七十生日偶得

想拜观音步太匆，

远超南海到遥溟。

原来已是古稀日，

要谒南极老寿星。

（2023 年 8 月 27 日）

中秋夜悉尼咏月

温如美玉灿如银,
北照仲秋南照春。
世态炎凉何足论?
清辉一洒满乾坤。

（2023年9月29日于悉尼）

独行说

何为独行？古人云："我或读经罢，独行观水痕。"我的乡贤、国学大师陈寅恪有名句云："自由之思想，独立之精神。"我想，崇尚独立精神，放飞自由思想，担当社会责任，淡化名利追求，应该就是我的独行主张。人生若果能达此境界，就能尊享独行之乐。

纵览我这一生所走过的路，大抵是与众不同的另类选择。少年当民办教师时，总是心猿意马，躁动不安，那时唯有一个想法，就是要跳出大山，跳出农门，跳出苦难，于是踊跃报名参军。到了军界，整整奋斗了20年，正值红得发紫之时，我却突然"大江歌罢掉头东"，转业地方工作。在地方，我可以说是进入了当代中国政界最耀眼的部门，而且又是芝麻开花节节高，一路凯歌朝前走。在绝大多数人的眼里，我是轻易不会"跳槽"的。可我竟然作出了令许多人不得其解且大为惋惜的决定，急流勇退，转到了文化单位工作。这么一条轨迹，竟形成了一个怪圈：由最初的从文，到弃文从武，再到弃武从政，最后又是弃政从文。从搞文化开始，到搞文化终结。起于文而终于文，似乎与文化结下了不解之缘。这是不是人生的定律？我这样踽踽地一路走来，虽也有说不尽的酸甜苦辣，记不完的盈亏得失，然终为能昂起头颅、挺起脊梁走路而痛快，也终为能"我思故我在，我在故我言"而欣然，还终为能避开许多俗流烦恼、看清许多世态炎凉而感慨。友人朱向前君赞之曰："大好啊！"

我的独行不是特立，并非"过言不再，流言不极；不断其威，不习其谋"。更不敢"若伯夷者，特立独行，穷天地亘万世而不顾者也"。我的独行，充其量只是性格的修炼，情感的寄托，是自我心灵的洗涤，是披肝沥胆的咏叹。可谓"世治不轻，世乱不沮，同弗与，异弗非也。""信道笃而自知明者也。"如是，知我者了然，亲我者安然，观我者释然。

非常感谢我的至爱亲朋，一路上，他们对我关怀备至。对我的选择，不理解时为我担忧惋惜，理解时为我赞许叫好；有业绩鼓舞我，遭坎坷鼓励我；遇困难同划策，见不平共愤慨。因此我说，我的独行并不孤独，一路上有同仁，有声援；有驿站，有港湾；有景致，有思辨；有品茗之雅，有醉饮之趣。更有申义立言之慨，有寄意山河之怀，有贯古通今之畅，有挥洒恣肆之情。

禅者曰：独行天下，何其快哉！

（2020年2月6日）

西江月·贺南昌八一广场新华书店重新开张

常忆当年广场，
新华书店生辉。
学人无数不知饥，
嚼字啃文坐地。

遁迹十年又现，
养精蓄锐腾飞。
仰头注目塔尖旗，
更有一身霸气。

（2022年10月1日）

江城子·造园

老来兴起造新园。
竹篱蜿，鸟声喧。
播绿栽红，洒汗壮苗根。
却遇壬寅遭大旱，
天不助，水无痕。

曾经志向比冯谖。
揣民恩，发诤言。
长铗徒弹，空把锦帘掀。
莫问豪情归哪处，
全付与，一残垣。

（2022年8月22日）

乔迁有感

生涯一路坎坷多，
几处挪移几处歌。
难得苍天生悯意，
安居教我不蹉跎。

（2022年7月6日）

田舍翁赋

置业西郊成草舍,
拓荒东圃起花廊。
品茗天井云舒卷,
弄墨书房纸短长。
故吏不闻今日事,
老夫只阅旧时章。
开怀最是高朋至,
浊酒千杯入醉乡。

(2023年3月13日)

练字偶感

六尺案头着战袍，
手中兵器是狼毫。
英雄四顾无敌斩，
宝剑权当裁纸刀。

（2022年6月23日）

无题

唿哨一声宵小聚，
妖风吹落满园枝。
平阳不是虎居处，
空有爪牙被犬欺！

（2022年6月7日）

自嘲

笔墨生涯无奈多，
虔心总是付长河。
时宜不合难吟句，
古调独弹怎放歌？
劝世叨言有鬼听，
忧民索句无人呵。
不如回到故乡去，
踏水觅诗下汨罗。

（2022年6月6日）

读某诗词群吟咏"写诗难"有感

人云解缙有心机，

　　扫地放鸡皆入诗。^{（注）}

　　若把吟哦当说话，

　　何须抓耳挠腮痴?

　　注：传说解缙少时因诗得罪财主，母劝其不要吟诗，缙允。翌日早起，见母扫地、喂鸡，脱口吟曰："扫净房中地，放出笼中鸡。"母怨，缙又吟："明明我说话，又怪我吟诗。"

（2022 年 5 月 30 日）

荣获修水文学奖有感

背井离乡数十年,
躬身笔墨少佳篇。
忽闻父老一声赞,
泪雨纷飞涨百川。

（2022年5月14日）

钓翁说

江边打坐握鱼竿,
奉劝鱼儿心莫酸。
本是凡间咽饭菜,
生为弱势不平安。

（2022年5月12日）

无题

清明不见明清日，

谷雨无闻雨谷声。

欲约春风游立夏，

春风笑我枉多情。

（2022年4月21日）

虎年感言

惯于都市看风情，
岂料键盘按暂停。
街上不闻车马闹，
店前但见草苔青。
人居斗室人无奈，
瘴布长空瘴有翎。
天教世人受此劫，
平衡既破怎安宁？

（2022年4月13日）

清明遐思

掩门独坐进书中,
卷起清明一阵风。
重耳有情酬旧部,
子推无意做新雄。
绵山才绽芬芳蕾,
沃水又生荆棘丛。
每叹三家分晋事,
至今摇首惜文公。

（2022年4月5日）

清明

久困孤楼如负荆,
时光眨眼又清明。
孝心难敌微生物,
徒望远山步不行。

（2022 年 4 月 4 日）

屡闻高官落马感怀

权欲弥天地，
良知被火焚。
江山懒理会，
名利勤耕耘。
忠良长戚戚，
奸佞闹纷纷。
世道已如此，
是非谁与云？

（2022年3月25日）

咏茶花

冬日北篱下,
茶花灼灼开。
蕊张如粉黛,
蜂舞若裙钗。
远徙不排异,
志高可抗灾。
感怀八皖客,
送我猴魁来。

（2022年11月24日）

咏梅

窗外一枝梅，

绽开数朵花。

寒风飞雪里，

傲立气犹华。

（2017年2月13日）

无题

狂风昨夜过东园，

吹落残枝花失颜。

想见芳菲时不与，

靠人成事不如天。

（2022年12月1日）

偶成

防疫犹如防恶徒,
关门闭户太凄孤。
何当唤友东园醉,
再引清泉煮铁壶。

（2022年12月18日）

无题（二首）

之一

三年抗疫计千条，
一旦放开却犯愁。
户户皆闻咳喘急，
街街不见人车流。
病菌可恶如风扫，
人类堪怜似纸糊。
天公毕竟无情汉，
忍看神州遍地囚。

之二

防疫放开手脚忙,
同仇敌忾保安康。
亲人贴耳问询紧,
朋友隔空发帖狂。
阳者无私传体验,
医家有义献良方。
国风若是长如此,
谁敢贸然来逞强?

（2022年12月28日）

菩萨蛮·春愁

今年不与春相遇,
远行万里天边去。
错过武陵溪,
无缘听鹂啼。

眼前萧瑟劲,
脑际青阳韵。
故国在何方?
大洋接大洋。

（2023年3月8日）

癸卯清明感赋

父赴泉台子失亲,

疾驰万里故乡行。

盖棺之后云烟散,

孤雁从今无处鸣。

(2023 年 3 月 27 日)

幕阜山

纵横三省境,一幕遮江湖。

峰试纯阳剑,壑藏抱朴壶。

云腾生正气,风啸展宏图。

极目观天岳,英姿傲楚吴。

(2023 年 3 月 27 日)

茶芽

雷惊一树醒,雨润万枝新。
朝是鹅黄貌,暮成翠绿身。
临风生丽质,沐日养精神。
举步茶园过,闻香已醉人。

（2023 年 3 月 27 日）

浮桥

安卧波中不做声,
甘承脚步踏身行。
人言处世须沉稳,
我独轻浮博美名。

（2023 年 3 月 27 日）

夜读

夜读苦无灯，

捧书到灶前。

锅中潲鼓掌，

膛内火争妍。

慈母添薪急，

痴儿诵典虔。

至今回故土，

不敢梦童年。

（2024年3月12日）

人生之叹

少壮想挈云，
老来思静宁。
冲天九万里，
落地一埃尘。

（2023 年 3 月 27 日）

后 记

忙乎了一年多时间，本书终于和读者见面了。

说是诗文混编，其实诗词还是主体。

我对诗词情有独钟，一路走来，无论触景生情、睹物生情，还是感人生情、处事生情，只要情生，便会瞎诌几句，以遣情怀。尤其进入老年后，情感似乎越加脆弱，见到什么都有一番感慨，因此写得也就更多了。也许这也是人生的写照。把这些奉献给读者，以期共享点滴收成，吾之愿也。只是本人水平有限，作品多欠功力，虽然编撰过程中多次勘校，肯定还有不妥之处，甚或还存在硬伤，难免贻笑大方。书中散文随笔也是有感而发，意在言未尽之意，抒深广之情。篇幅长短不一，质量也难免参差不齐。总之所有缺陷，都要恳请读者海涵，请方家不吝赐教。

本书的出版，得到了江西人民出版社的大力支持，原社长张德意、现社长梁菁以及其他社领导都给予了亲切关心和过问，特别是在书稿的审校、编辑方面，组织

第四辑 静处之悟

力量进行了严肃认真的把关。责任编辑吴艺文尽心尽责，不辞辛苦，仔细地做好编辑出版工作，以其高水平确保了图书的高质量，使本书增色不少。对他们的辛勤付出，我的感激之情溢于言表，在此一并致谢。

作 者

2024年3月6日